HAYMON verlag

Edith Kneifl

Schön tot

Ein Wien-Krimi

herzlichst

Edith Kneifl

Die Handlung des Kriminalromans ist gänzlich frei erfunden, wenn auch manche Personen und Schauplätze der Realität entnommen sind. Ich bedanke mich in diesem Zusammenhang bei den Geschäftsleuten und Wirten des fünften Wiener Gemeindebezirks für interessante und informative Gespräche. Mein besonderer Dank gilt Dr. Stefan Gergely, der den Impuls zu diesem Roman gegeben und mit vielen Ideen zum Inhalt beigetragen hat.

HAYMON verlag
Innsbruck-Wien
www.haymonverlag.at

ISBN 978-3-85218-610-8

Umschlag- und Buchgestaltung:
Kurt Höretzeder, Büro für Grafische Gestaltung, Scheffau/Tirol
Coverfoto: Stefan Gergely

Gedruckt auf umweltfreundlichem,
chlor- und säurefrei gebleichtem Papier.

1. Akt

1

Sonnenaufgang in Wien-Margareten. Eine Stadt, die niemals schläft, mag eine treffende Beschreibung von New York sein, gilt aber sicher nicht für Wien.

Es war kurz vor sechs Uhr früh, als ich durch die menschenleeren Gassen des fünften Bezirks wankte. Auf der Schönbrunner Straße war kaum Verkehr. Geschäfte und Lokale hatten geschlossen. Vor der Kirche, in der einst Franz Schubert aufgebahrt gewesen war, schlief ein Sandler seinen Rausch aus.

Als ich die Pilgramgasse hinaufspazierte, tauchte die Statue der Heiligen Margarete im Morgengrauen auf. Mitleidig schaute die Schöne auf den Drachen herab.

Ich hatte für Märtyrerinnen prinzipiell viel übrig. Grund für Margaretes Martyrium schien jedoch weniger ihr Glaube als ihre Schönheit gewesen zu sein: Die unschuldige Schäferin war vor 1700 Jahren in Kleinasien von einem Stadtpräfekten begehrt worden. Als sie ihn zurückwies, ließ er sie im Gefängnis mit eisernen Kämmen und Fackeln foltern. Doch ihre Wunden heilten immer wieder. Daraufhin verwandelte er sich in einen riesigen Drachen und versuchte, sie zu verschlingen. Das Kreuzzeichen, das sie schlug, rettete sie. Auf dem Weg zur Hinrichtung betete die Arme für ihren Verfolger, wurde aber dennoch enthauptet.

Plötzlich bildete ich mir ein, dass selbst die Margariten, die als Markenzeichen des Viertels über den Fahrbahnen hingen, ihre Köpfchen hängen ließen. Ich hatte eindeutig zu viel getrunken.

Der Himmel über Wien verfärbte sich orangerot, brachte die Dächer der Stadt zum Glühen. Schüchterne Strahlen drangen durch die Häuserzeilen auf die Straße.

Nach der durchwachten Nacht fielen mir beim Gehen die Augen zu. Trotz Frühlingsbeginn waren die Temperaturen auf fünf Grad gesunken. Die Kälte fuhr mir in alle Knochen.

Meine Lederjacke war nicht gefüttert und meine Jeans waren zerrissen.

Den Primeln und Narzissen auf den begrünten Verkehrsinseln schien der erneute Kälteeinbruch weniger auszumachen als mir. Dirigiert von unsichtbarer Hand, begrüßte lautes Vogelgeschrei den kühlen Morgen. Ein Schwarm großer schwarzer Raben flog über das sogenannte Schlossquadrat beim Margaretenplatz. Sie bekränzten es mit einer Art Heiligenschein. Vorboten eines Unglücks?

Mein Aberglaube hielt sich in Grenzen.

Kaum waren die Vögel außer Sichtweite, herrschte wieder unheimliche Stille. Dann ließ mich ein lauter Schrei zusammenzucken.

Mir fiel ein, dass in der Nähe eine alte Frau wohnte, die öfters mitten in der Nacht aufschrie. Wahrscheinlich litt sie unter Albträumen.

Seit ich vor ein paar Wochen einen Job im Café Cuadro, einem der Lokale im Schlossquadrat, angenommen hatte, ging ich kaum einmal vor den frühen Morgenstunden zu Bett, obwohl wir meistens pünktlich um Mitternacht Schluss machten. Doch ich genehmigte mir nach der Arbeit gern den einen oder anderen Absacker im nahe gelegenen Motto.

Dieses Lokal in der Schönbrunner Straße war ein Ort, an dem man sich rasch näherkam. Es dominierte dunkles Lila, die übermalten Babypuppen an der Decke und die barocken Stühle passten aber meiner Meinung nach eher als Kulisse in einen Fantasy-Film als in eine coole Bar. Die Musik war jedoch wirklich geil. Außerdem war das Motto ein Paradies für voyeuristisch veranlagte Menschen wie mich. Barflies, Künstler, Sternchen und echte Stars – zu später Stunde trafen sich dort Nachtschwärmer jeder Couleur. Alle hatten nur eines gemeinsam: Sie verstanden es, sich zu inszenieren.

Ausnahmsweise hatte ich heute Nacht mal einen Mann abgeschleppt. Mein One-Night-Stand war die schlaflose Nacht leider nicht wert gewesen. In seinem Atelier im Hinterhof eines typischen Wiener Vorstadthäuschens war es ziemlich ungemütlich gewesen. Wir hatten es halb angezogen und im

Stehen getan. Eine schnelle Nummer mit kalten Lippen, kalten Händen und kalten Herzen. Es würde kein zweites Mal mehr geben. Dass ich nicht beziehungsfähig bin, hatte mir ein Psychotherapeut schon vor Jahren schwarz auf weiß bestätigt. Und alles, was sich wiederholte, roch gefährlich nach sich anbahnender Beziehung, nach Besitzansprüchen, Eifersucht und kleinkarierten Machtspielchen.

Nach dem Tod meiner Eltern, ich war damals Anfang zwanzig, hatte ich in Houston, Texas, ein Kriseninterventionszentrum aufgesucht. Mein Psychotherapeut dort behauptete, ich würde mich schlicht und einfach weigern, erwachsen zu werden, wollte an dem Punkt in meiner Entwicklung Halt machen, an dem mir meine Eltern grausam entrissen worden waren. Und ich würde deshalb so gern die passive Beobachterin spielen und mir dabei das Leben der anderen ausmalen, weil es mich davon abhalten würde, mein eigenes Leben zu leben. Wahrscheinlich hatte er Recht. Seit dem gewaltsamen Tod meiner Eltern vermied ich es tatsächlich, Verantwortung zu übernehmen, mich ernsthaft auf etwas einzulassen, sesshaft zu werden, wie man so schön sagt. Insofern wurde ich den Vorurteilen, die die meisten Menschen gegenüber meinen Roma-Vorfahren mütterlicherseits hatten, gerecht.

Immerhin hatte ich mich auf ein Geschichtsstudium eingelassen und war nun also eine arbeitslose Magistra der Geisteswissenschaften. Eigentlich hatte ich vorgehabt, bis zu meinem Vierziger den Doktor zu schaffen. Doch das würde sich nicht mehr ausgehen. Ich wurde in zwei Monaten vierzig und hatte bisher kein spannendes Thema für meine Dissertation gefunden.

Als ich vor dem Schlossquadrat stand, hatte ich plötzlich eine Art Geistesblitz. Vielleicht sollte ich über meinen neuen Arbeitsplatz forschen? Früher stand dort das Schloss Margareten. Nach einem fürchterlichen Brand im Jahre 1768 waren von dem Schloss nur ein paar Steinquader übrig. Zu Maria Theresias Zeiten war die Vorstadt spärlich besiedelt gewesen. Neben dem Schloss waren ein paar Bauernkaten gestanden. Weingärten, Maulbeerbäume und Safranwiesen hatten das Bild geprägt. Um von den kostspieligen Seidenimporten aus China unabhängig zu werden, hatte die clevere Kaiserin Maulbeerbäume pflanzen lassen. Im 18. Jahrhundert hatten sich Textilmanufakturen angesiedelt. All die prächtigen höfischen Gewänder waren in dieser Gegend produziert worden. Auch Ziegeleien und sogar eine Brauerei hatten sich hier niedergelassen, und Margareten hatte sich zu einem Arbeiterbezirk entwickelt.

Je länger ich darüber nachdachte, desto überzeugter wurde ich, dass dieser Bezirk oder zumindest das Grätzl um den Margaretenplatz, das heute fast großstädtisches Flair ausstrahlte, durchaus ein interessantes Dissertationsthema abgeben würde. Aber vielleicht war das auch nur eine besoffene Idee.

Ich musste dringend aufs Klo. Da ich nicht gut irgendwo am Straßenrand hinpinkeln konnte, überlegte ich, auf die Toilette des Cuadro zu gehen. Den Schlüssel für die Tore im Schlossquadrat hatte ich dabei. Die Lokale in diesem Häusergeviert waren durch Innenhöfe und Durchgänge miteinander verbunden. Man brauchte also nicht einmal auf die Straße hinauszugehen, um von einem Lokal ins andere zu gelangen.

Den Schlüssel für den Durchgang hatte mir der Eigentümer nach dem Probemonat zukommen lassen. Bisher hatte ich meinen Chef noch nie persönlich zu Gesicht bekommen. Als ich im Jänner im Cuadro anfing, hatte er sich in Bali aufgehalten. Er war erst seit Kurzem wieder zurück. Meine Kollegen hatten mir natürlich einiges über ihn erzählt. So richtig schlau war ich bisher trotzdem nicht aus ihm geworden. Wahrscheinlich bezeichnete man ihn nicht umsonst als den „Schlossherrn“, den „heimlichen Bezirksvorsteher“ oder sogar als den „Kaiser von Margareten“. Immerhin hatte er das ganze Viertel aufgewertet, indem er seine Häuser von einem Architekten sehr behutsam sanieren hatte lassen.

Ein lauter Knall riss mich aus meinen Gedanken. Eine riesige Stichflamme erleuchtete den Himmel über der Stadt. Das Feuer vermischte sich mit dem Morgenrot, tauchte die Umgebung in einen rotgoldenen Glanz.

Ich wurde von einer Hitzewelle erfasst. Begann zu rennen, rannte auf die Margaretenstraße, achtete nicht auf den Verkehr. Erst das Quietschen der Reifen brachte mich zur Besinnung. Entsetzt bemerkte ich, dass ein Wagen knappe zehn Zentimeter vor mir zum Stehen gekommen war.

Eine elegant gekleidete Dame mit modischer roter Brille stieg aus dem großen anthrazitfarbenen Skoda. Sie war kreidebleich im Gesicht.

Bevor sie womöglich hysterisch herumzuschreien begann, sagte ich scharf: „Hier ist Tempo 50, Madame."

Sie schien nicht daran zu denken, mich anzuschnauzen, starrte nur gemeinsam mit mir entsetzt auf das in Flammen stehende Haus am Margaretenplatz.

„Der erste Stock ist plötzlich in die Luft geflogen. Ich glaube, das war eine Gasexplosion", sagte ich.

„Oh Gott", stöhnte sie und schlug die Hand vor den Mund.

„Wir müssen sofort die Feuerwehr anrufen." Ich nahm mein Handy aus der Jackentasche. Vor lauter Aufregung wählte ich die Nummer der Rettung.

Ein paar Minuten später traf die Feuerwehr ein.

Die Frau an meiner Seite wollte hinüber zu dem brennenden Haus laufen. Ich packte sie am Ärmel ihres Nerzmantels.

„Sind Sie verrückt? Sie können dort jetzt nicht einfach hineinspazieren."

„Aber vielleicht ist mein Mann ...", schluchzte sie.

Ich legte den Arm um ihre Schultern und fragte leise: „Wohnen Sie dort?"

Sie schüttelte den Kopf. „Nein. Mein Mann ..., Ex-Mann, hat seine Ordination im ersten Stock."

„Um diese Zeit wird er wohl nicht in der Ordination sein", versuchte ich sie zu beruhigen.

Inzwischen war auch die Polizei eingetroffen. Sie sperrte den Platz vor dem Haus ab. Die weinende Frau und ich befanden uns innerhalb der Absperrung. Niemand schien von uns Notiz zu nehmen.

Panische Schreie. Hysterisches Kreischen. Einige Hausbewohner trafen bereits Anstalten, aus den Fenstern im dritten und vierten Stock zu springen, und mussten von den Einsatzkräften zurückgehalten werden. Fasziniert sah ich dabei zu, wie sich die Feuerwehrmänner bemühten, den Brand in den Griff zu kriegen. Zum Glück gelang es ihnen bald zu verhindern, dass das Feuer auf die oberen Stockwerke übergriff.

Durch die heftige Explosion waren einige Fenster im Erdgeschoß und im ersten Stock samt Rahmen sowie Mauerteile aus den Wänden gerissen und auf die Straße geschleudert worden. Auch Mobiliar war aus den Fenstern geflogen. Einzelne Trümmer waren aufs Trottoir gekracht. Das Prasseln der Glasscherben auf dem Pflaster wurde durch das Ächzen und Stöhnen der Holzbalken, die von den Flammen umzüngelt wurden, übertönt.

„Mein Mann ...", seufzte die ältere Dame verzweifelt. Da mir keine tröstenden Worte einfielen, drückte ich sie ein bisschen fester an mich.

Dunkelblaue Rauchwolken verfärbten den Himmel. Ölige Ascheflocken rieselten wie schwarzer Schnee auf uns nieder, blieben in unseren Haaren kleben. Der Geruch von Rauch und verbranntem Kunststoff verstopfte meine Nase.

Als die letzten Flammen endlich zuckend und zischend verebbten, erhaschte ich einen Blick durch die zerborstenen Fenster in die ausgebrannten Räume.

Einige Feuerwehrmänner wagten sich in das völlig verwüstete Erdgeschoß. Nach einer Weile kamen zwei der Männer mit einer Bahre, auf der sich die Überreste eines verbrannten Opfers befanden, wieder heraus. Instinktiv wandte ich mich ab.

Die Frau im Nerz riss sich von mir los und stürzte sich auf die Männer mit der Bahre. Zögernd folgte ich ihr.

Beim Anblick der halb verkohlten Leiche drehte sich mir der Magen um.

Ich verfluchte meine Neugier, brachte es aber nicht fertig, den Schauplatz dieses schrecklichen Unfalls zu verlassen, ohne zu wissen, was genau passiert war. Wie gebannt starrte ich auf die am Trottoir aufgepinselten Margariten, bis auch sie endlich zu weinen begannen. Ich bildete mir ein, dass sich ihre Tränen mit schwarzem Blut vermischten.

Vergiss deine Visionen, Kafka, sagte ich mir und riss mich zusammen. Hielt nun wieder nach der älteren Dame Ausschau.

Einer der Polizeibeamten erklärte ihr gerade, dass es sich offensichtlich um eine Gasexplosion handle und dass das Todesopfer eine Frau sei.

Die Tote wurde in einem Rettungswagen weggebracht.

Die Polizei nahm unsere persönlichen Daten auf und ließ uns dann gehen.

„Soll ich Sie nach Hause begleiten?“, fragte ich die Frau, die nun wieder nahe bei mir stand.

„Nein, danke. Aber wenn Sie meinen Wagen parken würden, wäre ich Ihnen sehr dankbar. Ich fürchte, dazu bin ich jetzt nicht mehr fähig.“ Sie klang wieder halbwegs gefasst, obwohl ihre Stimme nach wie vor zitterte.

Ich nahm die Schlüssel und stellte ihren Skoda Octavia in die nächste Parklücke. Auf der Ablage zwischen Fahrer- und Beifahrersitz entdeckte ich ein Ausweisetui. Neugierig warf ich, bevor ich ausstieg, einen Blick auf die Fahrzeugpapiere. Sie waren auf Angela Bischof, geboren am 24. Oktober 1950, ausgestellt.

Der Name kam mir bekannt vor.

2

Um elf Uhr vormittags wachte ich auf. Mit geschlossenen Lidern blieb ich noch ein, zwei Minuten liegen. Sogleich sah ich die Flammenhölle vor mir. Am liebsten wäre ich wieder eingeschlafen. Der penetrante Weckruf meines Handys ließ es nicht zu.

Ich ging in die Küche und machte mir einen Kaffee. Im Mund hatte ich nach wie vor den bitteren Rauchgeschmack, und meine Lungen fühlten sich an, als hätte ich drei Päckchen Smart geraucht.

Ich liebte meine Küche, hatte sie doch Österreichs berühmteste Architektin Margarete Schütte-Lihotzky entworfen. Leider hatte ich sie nie persönlich kennengelernt.

Durchs Küchenfenster warf ich einen Blick auf die Franzensgasse hinunter. Die wenigen Leute, die unterwegs waren, drückten sich, eingepackt in dicke Daunenjacken, an den Hausmauern entlang. Der Himmel war zugezogen. Die morgendlichen Sonnenstrahlen hatten sich wieder verabschiedet. Ein kalter Wind pfiff durch die Ritzen meiner Terrassentür.

Was für ein hässlicher Montagmorgen, dachte ich. Zum Glück musste ich erst um sechzehn Uhr im Cuadro anfangen. Abenddienste waren mir lieber als Tagdienste.

Ich zündete mir eine Zigarette an. Mein Hustenanfall klang verdächtig nach einer Lungenkranken im Endstadium. Ich dämpfte die Zigarette sofort wieder aus und füllte erneut meine altmodische italienische Espressomaschine mit gemahlenem Kaffee. Seit ich mich an unsere Eigenmarke Cafe do Cuadro gewöhnt hatte, schmeckte mir kein anderer Kaffee mehr. Die milden aromatischen Hochland-Bohnen wurden eigens für die Lokale im Schlossquadrat geröstet. Ich musste demnächst mal fragen, ob ich nicht ein halbes Kilo zum Supersonderpreis mit nach Hause nehmen durfte.

Meine Haare stanken nach Rauch. Selbst an meinem Körper schien Asche zu kleben. Als ich heimgekommen war, hatte ich mich gleich ins Bett gelegt und war sofort in Tiefschlaf gefallen.

Ich ging unter die Dusche. Ließ den heißen Strahl auf mich niederprasseln. Sah zu, wie er all den Ruß und die Asche von meinen Haaren und meiner Haut schwemmte.

Missmutig betrachtete ich meinen nackten Körper. Meine Figur wurde zunehmend weicher, weiblicher. Ich steckte eindeutig in einem falschen Körper. Angeblich sah ich nicht übel aus, rothaarig, grüne, leicht schräg stehende Augen, eine ziemlich dunkle braune Haut, üppige Brüste und lange schlanke Beine. Das rote Haar und die grünen Augen hatte ich von meinem Vater geerbt. Die Figur leider von meiner Mutter. Noch war ich schlank. Aber ich befürchtete, meine Hüften und mein Busen würden in ein paar Jahren ebenso ausladend werden wie ihre es waren. Schon als kleines Mädchen wäre ich lieber ein Bub gewesen. Im Laufe der Jahre hatte ich mich zwar mit meinem Geschlecht so halbwegs angefreundet, aber im Grunde wäre ich auch heute lieber ein Mann gewesen. So dünn und drahtig wie mein Vater es war, der die Marathonstrecke lief, bevor Marathonläufe zu schicken Events wurden.

Meine Brüste bestanden längst keinen Bleistifttest mehr. Und bei gutem Licht entdeckte ich seit Kurzem die ersten Spuren von Cellulite auf meinen Oberschenkeln.

Es war an der Zeit, wieder mit dem Training zu beginnen. Meine Kondition war nicht die beste. Das hatte ich, als ich vor der Explosion geflüchtet war, deutlich zu spüren bekommen. Mein Hometrainer stand im Vorzimmer. Diente mir als Kleiderablage. Ich war zu faul, ihn abzuräumen. Machte mir stattdessen eine Eierspeise von drei Eiern. Brot hatte ich keines zuhause. Nach dieser Cholesterin-Bombe war mir erst recht schlecht.

Obwohl ich mir vor dem Schlafengehen geschworen hatte, mit der Raucherei aufzuhören, zündete ich mir noch eine an. Ein Kaffee ohne Zigarette schmeckte wie ein Wiener Schnitzel ohne Panier.

Dann schaltete ich meinen PC ein, surfte ein bisschen im Internet und verfolgte die Kommentare zu den ORF-Nachrichten über die Gasexplosion in Margareten. Anonym bleiben wollende einsame Herzen spielten Detektiv:

„Das ist sicher die Russenmafia gewesen. Die mischen gasförmigen Sprengstoff dazu und sprengen damit unsere Häuser in die Luft.“

„Möglicherweise eine Eifersuchtstat? Kommt leider vor. Und ist auch keine Spezialität von Migranten. Wahnsinnige gibt es überall.“

„Ob man den Schuldigen finden wird? Vielleicht hat sich der Schlauch ja auch von selbst gelöst? Aber sollte es einen Täter geben, welche Strafe wird angemessen sein? Die Todesstrafe?“

Andere Kommentare waren weniger komisch: *„Wahrscheinlich war es wieder einer aus der linksradikalen Szene. So ist es ja immer, wenn eine Bombe hochgeht, ein Strommasten gesprengt wird oder ein Haus in die Luft fliegt.“*

„Die Kriminalität von Ausländern ist um ein Mehrfaches höher als die von Einheimischen. Diese Tatsache bestreiten nur die sogenannten Gutmenschen. Islamistische Attentäter mitten unter uns!“

Ich schaltete den Computer aus. Ein Blick auf die Uhr. Kurz vor zwei. Die Mitarbeiter dürfen einmal am Tag kostenlos in jedem der Lokale des Schlossquadrats essen. Ich beschloss, heute ausnahmsweise auf meinen geliebten Burger im Café Cuadro zu verzichten und mir ein toskanisches Cordon bleu beim benachbarten Silberwirt zu genehmigen. Mein Magen verlangte nach etwas Deftigem. Die Eierspeise hatte ich schon wieder vergessen.

Als ich den Margaretenplatz überquerte, warf ich einen Blick auf das ausgebrannte Haus. Das Parterre und der erste Stock waren völlig zerstört. Ein Dutzend Kolkraben tummelte sich auf der Brandruine, delektierte sich an verkohlten Überresten. Hoffentlich stammten sie nicht von einem Menschen. Plötzlich hatte ich wieder ein ganz flaues Gefühl im Bauch. Angeekelt wandte ich mich ab.

Beim Silberwirt waren alle Tische besetzt. Mein Kellnerkollege Markus deckte für mich den kleinen Tisch gegenüber der Schank. Ich saß genau unter einer Vitrine mit „Les Misérables“, einer Plastik von Eva Schaerer, einer Studentin des berühmten österreichischen Bildhauers Alfred Hrdlicka. Nach dieser schlaflosen Nacht fühlte ich mich ähnlich wie die gequält dreinschauenden kleinen schwarzen Figuren.

Ohne dass ich ihn darum gebeten hatte, brachte mir Markus mein Lieblingsbier. Das Margaretner Bier stammte aus der mährischen Stadt Iglau. Es schmeckte viel vollmundiger als viele der hiesigen Biere.

„Geht auf Kosten des Chefs“, sagte er. „Der Stefan Gergely ist gerade rüber ins Hofstöckl gegangen, als du reingekommen bist. Er hat gemeint, du könntest heute sicher ein Bierchen vertragen.“

„Warum spendiert mir der Gergely ein Bier? Der weiß doch gar nicht, wer ich bin“, sagte ich verwundert.

„Er ist eben ein großzügiger Mensch. Und er kennt alle seine Angestellten, selbst wenn sie ihm noch nicht vorgestellt wurden“, sagte Markus mit einem verschmitzten Lächeln.

„Ist im Hofstöckl heute wieder was los?“, fragte ich.

„Ja, ein Parteigrande feiert seinen Abschied aus der Politik. Ganz exklusiv, im kleinen Kreis. Aber es sind alle da, nicht nur unser Stammtisch ist komplett vertreten, auch Bezirksvorsteher Wimmer und der Bürgermeister. Wir haben eine Hochrippe vom Angusrind, also ein leicht blutiges Festmahl für sie vorbereitet."

Ich wusste, dass im Hofstöckl, einem ebenerdigen Anbau im Innenhof, die Hausmeisterwohnung untergebracht gewesen war. Gergely hatte es Anfang der 90er zu einer Edelbrand-Bar umbauen lassen. Heute war es eher ein verschwiegenes Hinterzimmer für erlesene Festivitäten.

Mit Politikern hatte ich nicht viel am Hut. In den Lokalen des Schlossquadrats verkehrten nicht nur prominente SPÖler, sondern auch ÖVPler und sogar Grüne. Ich behandelte diese Leute, wenn sie im Cuadro auftauchten, gleich wie alle anderen Gäste. Den Bezirksvorsteher von Margareten konnte ich jedoch gut leiden. Ich kannte ihn nicht persönlich, hatte nur mit ihm telefoniert, als mein Großvater einen Schlaganfall hatte. Kurt Wimmer verhalf ihm sofort zu einem Platz auf der Bettenstation im Haus Margareten, obwohl mein Großvater kein Parteimitglied war. Das rechnete ich ihm bis heute groß an.

Meinem Opa schien es im Seniorenheim in der Arbeitergasse zu gefallen. Er konnte zwar nicht mehr sprechen, wirkte aber immer recht fidel, wenn ich ihn besuchte. Vielleicht sollte ich mich zeitgerecht um einen Platz dort bemühen? Denn wenn ich so weitermachte, würde ich bald selbst pensionsreif sein.

„Mir ist heute nach einem herzhaften toskanischen Cordon bleu", sagte ich zu Markus.

Er war ein bisschen älter als die meisten anderen meiner Kollegen und der ruhende Pol in diesem Tollhaus. Das war mit ein Grund, warum ich mich so gut mit ihm verstand.

Markus erzählte mir, dass am späten Vormittag ein Polizeibeamter beim Silberwirt reingeschneit und sich angeblich bei Stefan – er meinte Gergely – nach mir erkundigt hatte. Von den fünfundvierzig Angestellten im Schlossquadrat waren anscheinend alle mit dem Chef per Du. Nur ich nicht.

Kaum hatte ich fertig gegessen, kam Küchenchef Rudi Kirschenhofer vorbei, der in allen vier Lokalen des Schlossquadrats das Regiment führte, und fragte mich: „Möchtest vielleicht eine Williamsbirne, damit du den Brandgeschmack aus der Kehle kriegst?"

Ich schüttelte den Kopf. Anscheinend hatte es sich bereits herumgesprochen, dass ich in der Früh Zeugin der Gasexplosion gewesen war. Margareten war eben wirklich ein Dorf.

„Nach dem Cordon geht's mir eindeutig besser", sagte ich grinsend und strich über meinen Bauch. „Am liebsten würde ich den Rest des Nachmittags hier verbringen. Bei diesem Sauwetter finde ich es im Silberwirt immer am gemütlichsten."

Das Lokal hatte schon über zweihundert Jahre auf dem Buckel, hatte sich aber bestens gehalten. Verglichen mit vielen anderen Wiener Beisln wirkte der Silberwirt geradezu frisch und jugendlich. Früher war es ein typisches Arbeiterwirtshaus gewesen. Als Mitte der 90er-Jahre das große Beislsterben in Wien einsetzte, beschloss Stefan Gergely zu retten, was sich noch retten ließ. Er kaufte das alte, heruntergekommene Wirtshaus und ließ es sanft renovieren. Eigentlich hatte er damit die Beisl-Renaissance in Wien eingeleitet.

Das alte Lokal hatte von seinem früheren Charme nichts eingebüßt, entsprach aber nun den heutigen Vorstellungen von Hygiene und Sauberkeit. Die Tische und die Budel waren aus dickem Ahornholz und genauso original wie die Hängelampe über dem Stammtisch. Auch in dem wunderschönen schattigen Gastgarten hatte sich nicht viel geändert. Nur die Markise war neu und erlaubte es den Gästen, auch bei leichtem Regen im Freien zu sitzen. Die hervorragende Wiener Küche und die gepflegten Weine lockten nicht mehr nur Arbeiter und Geschäftsleute an, sondern auch Künstler und Studenten. Am Sonntag gab's den traditionellen Schweinsbraten frisch aus dem Rohr. Und auf der Speisekarte fand man sowohl den typischen Zwiebelrostbraten als auch die traditionellen Erdäpfeldatschi und überbackene Schinkenfleckerl.

3

Ich ging schon etwas früher als nötig hinüber ins Cuadro. Der Durchgang vom Gastgarten des Silberwirts auf die Margaretenstraße entwickelte sich mittlerweile langsam zu einem kleinen Skulpturenpark. Der Chef hatte ein Herz für bildende Künstler, deren Kunstwerke er dann in seinem Schlossquadrat präsentierte.

Wie immer war ich in Versuchung, dem im Durchgang aufgestellten „blinden Musiker“, einer mannsgroßen Statue aus Pappelholz von Jan Schneider, einem anderen Hrdlicka-Schüler, ein paar Cent zu geben.

Genauso erging es mir jedes Mal, wenn ich bei der U-Bahn-Station Pilgrambrücke eine bettelnde Romni mit einem Kleinkind sah. Ihr Anblick löste bei mir das Gefühl von Beklemmung und gleichzeitig Schuldbewusstsein aus. Einerseits empfand ich Mitgefühl, andererseits ohnmächtige Wut. Ich schaffte es nie, an diesen Frauen vorbeizugehen, ohne etwas zu geben. Natürlich wusste ich, dass ein Großteil des erbettelten Geldes bei kriminellen Organisationen landen würde. Aber ich wusste auch über die Situation der Roma in der Slowakei und in anderen osteuropäischen Ländern Bescheid: ein Leben im Müll am Rande der Großstädte oder in Elendssiedlungen am Land, ohne Kanalisation und elektrischen Strom. In den heruntergekommenen Stadt-Ghettos überlebte man höchstwahrscheinlich leichter. Die Lebenserwartung der Roma war sowieso extrem niedrig, betrug im Durchschnitt etwa fünfzig Jahre. Meine Mutter war eine Romni gewesen, und sie war nicht einmal fünfzig geworden.

Das Cuadro erinnerte mich vom Styling und Ambiente her an mein Lieblingscafé in New York in der Prince Street. Wahrscheinlich hatte ich mich auch deshalb hier um einen Job beworben.

Die Gasexplosion in nächster Nachbarschaft war heute, sowohl vor als auch hinter der Theke, Thema Nummer eins. Inzwischen war allgemein bekannt, dass die Gasleitung in dem alten Haus manipuliert worden war. Bei dem Todesopfer handelte es sich um eine junge Frau aus dem Kosovo, die frühmorgens die Praxis von Doktor Bischof geputzt hatte. Als sie sich eine Zigarette angezündet hatte, war das Haus in die Luft geflogen.

Meine Kollegen hielten sich mit Spekulationen zurück. Viele von ihnen kamen aus den Nachbarländern und bedauerten die junge Serbin.

Zurzeit arbeiteten Angehörige aus zwölf verschiedenen Nationen in den Lokalen des Schlossquadrats. Die früheren Bemühungen der Wiener Stadträtin Renate Brauner um eine bessere Integration der Immigranten waren also nicht überall gescheitert. Zumindest bei uns funktionierte die Zusammenarbeit zwischen Polen, Tschechen, Kroaten, Italienern und Österreichern so halbwegs. Der Gergely war angeblich selbst ein richtiges k.u.k.-Kind. Seine Vorfahren waren Sudetendeutsche, Ungarn, Galizier und Italiener gewesen. Vielleicht hatte er auch deswegen kaum Probleme mit seinem internationalen Personal?

Wenigstens die Einwanderer verstehen sich untereinander, dachte ich grinsend, als mir meine Kollegin Diana, die aus Polen stammte, die Hemingway-Minze für einen Mojito reichte. Wir verwendeten für den Mojito ausschließlich drei Jahre alten kubanischen Rum und die Hemingway-Minze aus unserem hauseigenen Kräutergarten. Auch so ein Spleen von unserem Gastrofürsten. Er ließ in den Innenhöfen nicht nur verschiedene Minze-Arten, sondern auch jede Menge andere Kräuter züchten. Im Sommer roch es hier orientalischer als am Naschmarkt.

Obwohl meine Großmutter eine richtige Kräuterhexe gewesen war und ihr Wissen an meine Mutter und mich weitergegeben hatte, hielt ich mich lieber raus, was den Kräuteranbau betraf. Ich konnte es nicht leiden, wenn man mich wegen meiner Herkunft für eine Autorität auf solch unwissenschaftlichen Gebieten hielt. Esoterik und alles, was ihr nahe kam, war mir zutiefst zuwider. Aber laut unseren Gästen schmeckte der Mojito halt am besten mit dieser speziellen Minze-Art.

Zur Happy Hour von 17 bis 19 Uhr herrschte im Cuadro oft Hochbetrieb. Kein Wunder, „verschenkten“ wir praktisch alle Cocktails um sechzig Prozent des normalen Preises. Auch die viereckigen Burger waren sehr gefragt. Die kleine Küche im Cuadro war zur Theke hin offen. Die Gäste konnten dem Koch – er hieß Manfred und arbeitete schon seit zehn Jahren im Cuadro – bei der Zubereitung der Hamburger zusehen. Er geriet gerade ins Schwitzen, obwohl er ziemlich dünn war. Geschickt jonglierte er mit den warmen Weckerln, die frisch aus der hauseigenen Backstube kamen.

„Harte Nacht gehabt, Kafka?“, fragte mich Jürgen Geyer, unser Service-Chef, der gemeinsam mit dem Küchenchef Geschäftsführer der Lokale im Schlossquadrat war.

Nicht nur er, auch meine männlichen Kollegen nannten mich alle beim Nachnamen, was ich durchaus passend fand, waren sie doch alle jünger als ich. Außerdem war ich stolz auf meinen Namen.

„Kann man wohl sagen.“

„Willst einen Chili Burger, extra scharf, so wie für den Chef?“, fragte mich Manfred.

„Nein danke, ich hab schon gegessen.“ Warum waren bloß heute alle so nett zu mir? Nur weil ich Zeugin einer Gasexplosion gewesen war?

„Ein Seidl?“, fragte mich Diana.

„Nein danke. Aber hast du ein Make-up dabei? Ich glaube, ich sollte meine Augenringe abdecken. Ich sehe aus wie eine Schleiereule.“

„Du sagst es.“ Diana verschwand hinter der Theke und reichte mir ein kleines Fläschchen.

„Du bist ein Schatz, hast was gut bei mir“, sagte ich und verschwand auf die Toilette, die sich im Durchgang, genau gegenüber dem Lokal, befand. Als ich im Spiegel mein zerknittertes, rot geflecktes Gesicht erblickte, schwor ich mir, einen Monat lang keinen Tropfen Alkohol anzurühren.

Ich erinnerte mich an das Einstellungsgespräch, das Jürgen Geyer seinerzeit mit mir geführt hatte. Obwohl das Team im Cuadro deutlich jünger war als ich, nahm er mich, weil ich, wie er meinte, um mindestens zehn Jahre jünger aussehen würde. Hoffentlich hatte er mich heute nicht genauer angesehen. Denn ich fühlte mich um zehn Jahre älter. Meine Augen waren voll kleiner geplatzter Äderchen. Meine ohnehin nicht gerade unauffällige Nase leuchtete wie eine rote Ampel. Ich verbrauchte das halbe Fläschchen Make-up, um wieder halbwegs zivilisiert zu wirken.

Als ich die Damentoilette verließ, blinzelte ich Che Guevara, dessen Konterfei nebenan an der Eingangstür der Herrentoilette hing, zu und murmelte: „Hasta la vista, compañero."

Kaum war ich zurück im Café, verging mir das Grinsen. Alle Tische und selbst die lange Theke waren voll besetzt. Die meist jungen Leute bestürmten uns mit ihren Bestellungen. Ich kam nicht mehr dazu, meinen Kollegen ausführlich von der Gasexplosion im Haus schräg gegenüber zu berichten.

Plötzlich setzte sich Frau Bischof auf einen Barhocker an der Theke.

„Ich verkehre normalerweise nicht hier", sagte sie. Legte ihre rote Brille ab und musterte die jungen Gäste an den Tischen mit arrogantem Blick. „Wohin man auch schaut, Schwule, nichts als Schwule und Lesben! Was ist bloß aus dem guten alten Margareten geworden."

„Ein Schwulenbezirk?"

Sie überhörte meinen zynischen Unterton.

„Sie sagen es! Dieses ganze Multi-Kulti-Getue führt doch zu nichts."

Sie sah mich wieder um Zustimmung heischend an. Ich reagierte nicht mehr.

„Diese Moslems können mir genauso gestohlen bleiben", meckerte sie weiter.

„Was darf ich Ihnen bringen?", fragte ich betont höflich.

„Ein Achtel Weiß."

„Ich wollte mich eigentlich nur noch mal bei Ihnen bedanken", sagte sie, als ich ihr das Glas Wein reichte. Es war nicht ihr erstes Achtel. Ich roch ihre Fahne.

Dankesbezeugungen waren mir schwer unangenehm. Da ich nicht recht wusste, worüber ich mit ihr reden sollte, fragte ich: „Sie bevorzugen wahrscheinlich den Silberwirt, oder?"

„Ja. Früher saß ich im Sommer gern mit meinem Mann in dem schönen Gastgarten unter dem großen Kastanienbaum.

Aber seit sich dieser Gergely hier breitgemacht hat, meide ich, so gut es geht, das ganze Schlossquadrat." Sie sprach so leise, dass ich sie kaum verstehen konnte. „Was diesen Gergely betrifft, da könnte ich Ihnen viele Geschichten erzählen ..."

Da ich sowieso neugierig auf alles war, was meinen ominösen Chef betraf, fragte ich: „Sie mögen ihn nicht?"

„Mögen Sie ihn denn?", antwortete sie mit einer Gegenfrage. „Habe selten so einen arroganten Menschen getroffen wie ihn. Außerdem ist er sehr unhöflich, fällt einem ständig ins Wort, lässt niemanden ausreden. Ein richtiger Platzhirsch halt."

Als arrogant und unhöflich hatte noch nie jemand meinen Chef bezeichnet. Dass er ungeduldig, launenhaft und ein bisschen jähzornig war, hatte ich schon gehört, aber arrogant war er, laut Aussage meiner Kollegen, wirklich nicht.

Sie schien meine Verwunderung zu bemerken. „Sie können sich nicht vorstellen, wie er mich mal angefahren hat, nur weil ich es gewagt habe, ihn zu fragen, ob mein Mann mit seiner Freundin am Vorabend beim Silberwirt gewesen sei ... Und angesehen hat er mich dabei, als wäre ich ein lästiges Insekt."

Ich schenkte ihr nach.

Angela Bischof redete wie aufgezogen. Selbst als ich mich um andere Gäste kümmerte, hörte sie nicht auf zu reden. Ihre laute Stimme und ihr künstliches Lachen verfolgten mich bis an die Tische.

Nach ihrem vierten Achtel begann sie mir von ihrer Scheidung zu erzählen. Ich hörte ihr mit halbem Ohr zu, während ich mich bemühte, die Sonderwünsche der Leitungswasserschnorrer zu erfüllen. „Einmal lauwarmes Wasser und einmal eiskaltes Leitungswasser – hier, bitte schön", sagte ich zu den beiden leicht übergewichtigen Frauen in meinem Alter und unterdrückte ein Grinsen.

„Warum hat es mir bloß keiner gesagt? Warum nur?", jammerte Angela Bischof und wischte sich mit der Faust die Tränen von den Wangen. „Alle haben sich gegen mich verschworen. Alle wussten Bescheid und hielten dicht. Als ich misstrauisch wurde und Nachforschungen anzustellen begann, stieß ich auf eine Mauer des Schweigens. Auch der dort, dieser Koch, der sich ja sonst immer mit allen Gästen unterhält, hat nicht mit mir geredet", sagte sie, als ich bei Manfred zwei Burger für die übergewichtigen Damen bestellte.

„Hätte ich Beweise für sein Verhältnis mit diesem russischen Flittchen gehabt, dann wäre ich bei der Scheidung viel besser ausgestiegen ..."

Sie tat mir leid. Ihr Ex-Mann schien ihr tatsächlich übel mitgespielt zu haben. Als sie mir ihre Zwei-Zimmer-Wohnung, die nur mit einem Ölofen beheizt werden konnte, beschrieb, tauchten bei mir Erinnerungen an die katastrophalen Wohnverhältnisse meiner Zigeuneroma auf. Angela Bischof beklagte auch, dass sie zu alt wäre, um einen guten Job zu finden. Wegen ihrer Heirat vor fünfunddreißig Jahren hatte sie ihr Medizinstudium nicht abgeschlossen. Sie hatte jahrelang Sprechstundenhilfe und Assistentin für ihren Mann gespielt, war aber nicht ordentlich angemeldet gewesen.

„Ob Sie es glauben oder nicht, ich liebe ihn noch immer", sagte sie in weinerlichem Ton. Dann bat sie mich um noch ein Achterl.

An Betrunkene darf kein Alkohol ausgeschenkt werden, dachte ich. Mittlerweile sah sie ziemlich mitgenommen aus. Ihr eher schmales, kantiges Gesicht wirkte ungesund aufgedunsen und ihre kurzen grauen Haare standen in alle Windrichtungen. Der Kragen ihrer teuren weißen Seidenbluse war nicht mehr ganz sauber. Auf ihrem Busen befanden sich Spuren ihres Mittagessens. Sie war nicht unhübsch. Sah für ihr Alter gut aus. War eher der sportliche Typ. Hatte aber etwas Verbissenes, Frustriertes an sich.

Als sie mir lallend mitteilte, dass sie bis zu ihrer Scheidung strikte Antialkoholikerin und Vegetarierin gewesen wäre, bekam ich erst recht Mitleid mit ihr.

Ich reichte ihr das fünfte Achterl und kümmerte mich dann nicht mehr um sie.

Unsere Stammgäste waren inzwischen eingetroffen, verlangten nach ihren geliebten Burgern. Ich bekam gerade noch mit, wie Angela Bischof den Wein in ein paar Zügen hinunterstürzte und mit gesenktem Kopf und hängenden Schultern das Lokal verließ.

Ich war heilfroh, als wir um 24 Uhr zusperrten, genehmigte mir nun doch ein kleines Bier und rauchte eine letzte Zigarette.

„Ciao, Nina, schlaf dich heut mal ordentlich aus", sagte Diana. Obwohl ich großen Wert auf meinen majestätischen Vornamen Katharina legte, hatte ich mich inzwischen daran gewöhnt, dass mich manche meiner Kolleginnen Nina nannten.

Nachdem alle gegangen waren, schaltete ich The Wall, die lange EDV-gesteuerte Lichtwand mit den ständig wechselnden Farbeffekten, aus und verließ das Lokal durch den Seiteneingang.

Die Tür der Damentoilette, die von Mona Lisas hübschem Antlitz geschmückt wurde, stand einen Spalt offen. Drinnen brannte kein Licht.

Da die Zeitungskolporteure und Rosenverkäufer mit Vorliebe unsere Toiletten, leider auch die Damentoilette, benützten, stieß ich die Tür ganz auf. Schließlich wollte ich niemandem zu einer unfreiwilligen Nacht im Schlossquadrat verhelfen.

4

Das erste, was ich sah, war ein Traum von einem bordeauxroten Lackschuh mit zehn Zentimeter hohem Bleistiftabsatz.

Ich machte Licht. Und da lag Kaiserin Sisi in einem langen weißen Kleid zusammengekrümmt auf den kalten Fliesen. Ihr lockiges braunes Haar, das ihr fast bis zum Po reichte, war zerzaust. Kleine blitzende Sternchen waren auf dem Boden verstreut.

Die falsche Kaiserin stöhnte leise. Ich beugte mich zu ihr hinunter. Berührte sie ganz sanft an der Schulter. Schaudernd starrte ich auf das Blut an meinen Fingern.

Als ich Schritte vernahm, warf ich einen Blick hinaus in den Durchgang. Eine dunkle Gestalt bog um die Ecke Richtung Silberwirt. Ich wollte hinterherrennen. In diesem Augenblick begann die Frau zu meinen Füßen erbärmlich zu jammern. Unschlüssig, ob ich der Gestalt folgen sollte, fragte ich: „Soll ich die Rettung anrufen oder können Sie allein aufstehen?“

„Ich schaff's schon“, sagte sie. Griff nach meiner Hand und ließ sich von mir hochziehen.

„Oh mein Gott, Orlando?“, rief ich verblüfft, als ich die junge Frau, die ein junger Mann war, in den Armen hielt.

„Darf ich mich vorstellen? Mein Name ist Sisi“, sagte er mit schwacher Stimme. „Ach, du bist es, Katharina. Hab ich ein Glück!“

Verwirrt betrachtete ich das stark geschminkte Gesicht. Orlando war ein schlanker, dunkelhaariger Mann Ende zwanzig. Seine graugrünen, leicht schräg stehenden Augen ähnelten meinen und verliehen ihm etwas Exotisches.

Ich hatte ihn vor einem Jahr im Barkeeper-Kurs kennengelernt. Nach dem Kurs hatte ich Orlando öfter im Cuadro oder im Filmcasino getroffen. Wir waren zwar nicht eng miteinander befreundet, verstanden uns aber recht gut. Gingen gern miteinander ins Kino. Und waren uns einig, dass das Filmcasino in Margareten das interessanteste Arthouse-Kino der Stadt war. Seit ein paar Wochen arbeitete er im Motto hinter der Theke. Dass er schwul war, wusste ich. Dass er auch Transvestit war, überraschte mich. Er könnte locker als jüngere Schwester von Kaiserin Sisi durchgehen, dachte ich.

Ich fand Orlando witzig, wenn auch manchmal ein bisschen zickig. Da ich wusste, dass er in der Reinprechtsdorferstraße wohnte, fragte ich mich, was er um diese späte Stunde im Schlossquadrat zu suchen hatte. Noch dazu in diesem Aufzug.

„Wie schaust du denn aus? Der Fasching ist längst vorbei!“, sagte ich in scherzhaftem Ton.

Unverständliches Krächzen. Schlagartig war ich wieder ernst.

„Halt durch, Orlando. Sprich mit mir! Ich rufe sofort die Rettung.“

„Keine Rettung, keine Polizei. Ich will mit den Bullen nichts zu tun haben“, sagte er laut und in energischem Ton. „Dieser Wahnsinnige hat mich nicht schwer verletzt. Meine rechte

Schulter und der rechte Arm tun mir weh, aber sonst bin ich okay. Der Typ war wirklich irre. Hat mit einem Ice Pick auf mich eingehackt."

„Womit?"

„Na mit so einem Ding, das man früher zum Zerstoßen von Eis verwendet hat. Eine mörderische Waffe, ich sag's dir ..."

„Basic Instinct?"

„So ähnlich. Nur hatte der Ice Pick, mit dem ich attackiert worden bin, sechs Zacken. Zum Glück hat der Kerl nur meinen Busen damit zerfetzt. Meine Brustprothese", fügte er erklärend hinzu. „Die habe ich bei Midinette gefunden. War nicht teuer. Der Laden von Frau Klaric ist echt ein Wahnsinn. Ich werde in Zukunft alle meine Klamotten bei ihr kaufen ..." Er redete wie aufgezogen, stand unter Schock.

Vorsichtig knöpfte ich sein blutbeflecktes weißes Kleid auf und machte seinen Oberkörper frei. Er hatte eine kleine, aber böse aussehende Fleischwunde unter der rechten Schulter. Meine zahlreichen Cousins in den Staaten waren öfters in ehrenvolle Messerkämpfe verwickelt gewesen. Daher kannte ich mich mit Stichwunden ein wenig aus, wusste, dass sie sehr tief sein konnten, auch wenn sie nicht so aussahen.

„Zuerst müssen wir die Blutung stillen", sagte ich. Riss ein Stück vom Saum seines dünnen Kleides ab, drückte es auf die Wunde. „Halt das fest. Ich hole Verbandszeug."

„Und wenn der Mörder zurückkommt? Lass mich nicht allein!", schrie er.

Ich half ihm aufzustehen.

„Verdammte Scheiße", fluchte ich, als sein Blut auf meine Jacke tropfte. „Hab ich nicht gesagt, du sollst den Fetzen fest auf die Wunde drücken?"

„Fetzen? Das ist ein Dreihundert-Euro-Kleid!", empörte sich Orlando.

Ich schleppte ihn ins Cuadro und setzte ihn auf einen der bequemen Stühle im vorderen Teil des Lokals.

„Mach ja kein Licht an!", ermahnte er mich.

„Ich muss in den Keller", sagte ich. „Keine Angst, ich sperre dich ein", fügte ich rasch hinzu.

Als ich mit dem Weingeist, den wir im Winter für den Punsch verwendeten, zurückkam, griff er sofort nach der Flasche.

„Spinnst du? Willst du dich selber umbringen? Der ist zum Desinfizieren."

Bevor er protestieren konnte, leerte ich ihm den reinen Alkohol auf die Wunde. Er brüllte vor Schmerz. Schnell drückte ich eine Stoffserviette drauf.

„Halt still", fauchte ich ihn an, obwohl mir bewusst war, dass der Weingeist höllisch brannte.

Bevor ich ihm mit Hilfe zweier weiterer Servietten einen sehr provisorischen Druckverband machte, legte ich ihm die Salbeiblätter, die ich gerade im Kräutergarten gepflückt hatte, auf die Wunde. Meine Oma hatte mir immer Salbeiblätter aufgelegt, wenn ich mir als Kind die Knie aufgeschürft hatte.

„Geht's wieder? Okay, dann bring ich dich jetzt nach Hause", sagte ich.

„Um Himmels willen, nein! Der Killer weiß bestimmt, wo ich wohne. Er hat meine Brieftasche mitgehen lassen. Da waren meine Visitenkarten drinnen. Willst du, dass er sein Teufelswerk beendet?", kreischte er. „Kann ich nicht bei dir pennen?"

Ich war zwar nicht gerade begeistert von der Vorstellung, heute Nacht einen verletzten Transvestiten bei mir zu beherbergen, da er sich aber weiterhin dagegen verwehrte, dass ich einen Arzt oder gar die Polizei anrief, packte ich ihn um die Taille und schleppte ihn bis zu mir nach Hause in die nahe gelegene Franzensgasse. Wir mussten immer wieder stehenbleiben. Mittlerweile schien er große Schmerzen in der Schulter zu haben. Wir brauchten fast eine Viertelstunde bis zu meiner Wohnung.

Zuhause sah ich mir seine Verletzung genauer an. Die Stoffservietten, die ich in sein Korsett gestopft hatte, waren blutdurchtränkt. Es war mir aber wenigstens gelungen, die Blutung zu stillen.

„Du wirst die Wunde nähen lassen müssen."

„Ich werde nicht bis ans Ende meiner Tage mit einer hässlichen Narbe herumrennen. Kommt überhaupt nicht in Frage", fauchte er mich an. „Ich könnte mich ja nie mehr in einem Muscle-Shirt sehen lassen, geschweige denn nackt."

„Wenn du's nicht nähen lässt, wirst du eine noch viel hässlichere Narbe kriegen. Aber warten wir's ab, wie die Wunde morgen aussieht."

Ich half ihm, das eng geschnürte Korsett, das ebenfalls zerrissen und voller Blut war, auszuziehen.

„Wie konntest du überhaupt atmen?", fragte ich.

„Ich habe leider keine solche Wespentaille wie Sisi."

„Die war genauso geschnürt."

„Na eben!"

Ich hielt es für sinnlos, mit ihm weiter über dieses Thema zu diskutieren, und verband ihn.

Nach einem doppelten Espresso und einer Zigarette richtete ich ihm mit Hilfe eines Küchensessels auf der Chaiselongue neben dem Kamin ein Notbett. Mangels eines Schmerzmittels schenkte ich ihm einen doppelten Whisky ein.

„Oh, ein Jameson. Mein Lieblingswhisky!"

„Nicht nur deiner. Auch Samuel Beckett soff am liebsten Jameson."

„Wer?"

„Egal. Willst du dich nicht endlich hinlegen?"

Orlando dachte nicht im Traum daran, sich hinzulegen. Kaffee und Whisky schienen ihn richtig wiederbelebt zu haben.

„Wie groß bist du?", fragte er völlig unvermittelt.

„1,76. Warum?"

„Der Täter war etwa so groß wie du und hatte auch ungefähr deine Statur, schlank, aber kräftig. Er trug eine anthrazitfarbene Daunenjacke, schwarze Hose, schwarze Handschuhe und hatte eine altmodische schwarze Skimütze auf. Ich konnte nur seine Augen und die Hälfte seiner Nase sehen. Es ging alles sehr schnell. Ich glaube, er hatte dunkle Augen. Ich habe eh noch versucht abzuhauen. Diese verflucht geilen Schuhe haben mich leider etwas behindert. Sind sie nicht toll?", fragte er und ließ seine Lackschuhe mit den hohen Absätzen an den Zehen baumeln.

„Damit konntest du natürlich nicht wegrennen", sagte ich leicht amüsiert.

Ich half ihm beim Ausziehen und borgte ihm eins von meinen langen Sleep-Shirts.

Orlando konnte tatsächlich als junge Frau durchgehen. Er war eher zart gebaut, hatte keine auffälligen Muskelpakete.

„Der Typ war sicher nicht viel kräftiger als ich. Wenn er nicht bewaffnet gewesen wäre, hätte ich es locker mit ihm aufgenommen", prahlte er.

„Hast was zum Rauchen daheim?", fragte er dann.

„Shit? Nein. Ich rauche nur Zigaretten."

„Schade. Ein Joint würde mir jetzt echt gut tun. Du weißt, dass Marihuana ein geniales Schmerzmittel ist?"

Ich bot ihm eine von meinen Zigaretten an und bat ihn, weiterzuerzählen.

„Was soll ich dir erzählen? Er ist plötzlich hinter mir gestanden, hat einen Arm um meinen Hals geschlungen und mit dem Eispickel, den er in der anderen Hand hatte, auf meinen falschen Busen eingestochen. Ich hab versucht, mich aus seiner Umarmung zu befreien. Hab ihm meinen Ellbogen in den Magen gerammt. Ich sag dir, der ist eingeknickt wie ein Taschenfeitl. Dann hat er leider zurückgeschlagen und mich ausgerechnet am Kehlkopf erwischt. Da bin ich sofort zu Boden gegangen. Wird ein schöner Bluterguss werden. Ab morgen kann ich nur mehr Rollkragenpullover tragen", jammerte er und tastete vorsichtig seinen Hals ab.

Ich schaute mir den roten Fleck auf seinem Hals genauer an. Orlando schien mit seiner Einschätzung der Größe des Angreifers Recht zu haben. Die Faust seines Gegners hatte ihn voll am Kehlkopf erwischt. Der Täter konnte also nicht wesentlich größer als ich gewesen sein.

Orlando machte es sich auf meiner Chaiselongue bequem und sagte: „Ich fürchte, in Margareten rennt ein verrückter Sexualmörder frei herum. Vielleicht ist einer dieser Psychopathen von der Sonderstrafanstalt am Mittersteig abgehauen? So was erfährt unsereins ja nicht."

„Wie kommst du auf diese blöde Idee?", fragte ich gähnend. „Vergiss es! Die sind dort alle gut aufgehoben."

Ich war todmüde. Hatte heute endlich einmal zeitig zu Bett gehen wollen. Aber wie es momentan aussah, würde mich Orlando nicht so schnell schlafen lassen.

Ich ging in die Küche. Brühte grünen Tee auf. Die Whiskyflasche war leer und diese Nervensäge hellwach.

„Hol deine Karten und sag mir, ob ich überleben werde oder nicht“, bat mich Orlando in theatralischem Ton, als ich ihm den Tee brachte. Sofort bereute ich es, ihm irgendwann mal zum Spaß die Karten gelegt zu haben.

„Bitte, Katharina! Das bist du mir schuldig“, drängte er.

Da ich wusste, dass er keine Ruhe geben würde, ging ich noch einmal in die Küche und holte seine schmutzige Kaffeetasse.

„Da ist kein Satz drinnen. Das bringt nichts“, meckerte er.

„Die Karten meiner Mutter hab ich längst weggeschmissen. Sie waren total abgegriffen. Ich könnte dir aus Bohnen oder Maiskörnern wahrsagen, falls ich welche zuhause habe“, sagte ich grinsend.

„Ich mein’s ernst. Lies mir wenigstens aus der Hand.“ Er streckte mir seine Rechte hin.

„Man liest aus der Linken“, sagte ich unwirsch. „Die Linke verrät einem das, was man an Anlagen und Eigenschaften mitgekriegt hat, die Rechte zeigt gewisse Entwicklungen.“

Ich nahm seine linke Hand, hielt sie unter das Licht der Stehlampe und tat, als ob ich seine Handfläche ausgiebig studieren würde.

„Oh je“, flüsterte ich und zog die Stirn kraus.

„Was siehst du?“, kreischte er. „Ich hab doch eine lange Lebenslinie, hast du zumindest letztens behauptet.“

„Die Lebenslinie ist okay. Sie ist in weitem Bogen geschwungen. Was bedeutet, dass du sinnlich und genussliebend bist und zur Bequemlichkeit neigst. Aber deine Herzlinie gefällt mir so ganz und gar nicht. Sie ist schrecklich zerfranst. Ich fürchte, du wirst nie Glück in der Liebe haben.“

Kichernd drückte er mir einen Polster ins Gesicht.

Mehr oder weniger ernsthaft deutete ich ihm dann seine Kopflinie, die einen sehr kurzen Abstand zur Lebenslinie aufwies: „Du bist ein entschlussfreudiger und optimistischer Mensch, hast manchmal aber unrealistische Vorstellungen.“

„Kannst du das alles echt aus diesen Linien lesen?“, fragte er mich.

„Ob es stimmt, weiß ich nicht. Ich geb dir nur wieder, was mir meine Großmutter beigebracht hat. Deine Schicksalslinie beginnt zum Beispiel am unteren Außenberg der Hand. Du bist demnach vielseitig interessiert und schöpferisch begabt, gehst meist intuitiv vor, kannst aber auch launisch und sprunghaft sein."

„Echt geil", sagte Orlando und schaute mich bewundernd an.

„Gelernt ist eben gelernt", sagte ich schmunzelnd. „Meine Großmutter hat mit mir schon im zarten Alter von sechs Jahren Handlesen geübt. Übrigens betreiben Zigeunerinnen auch untereinander Wahrsagerei. Es ist eine Möglichkeit, dem anderen sein persönliches Interesse zu zeigen, an seinen Problemen Anteil zu nehmen und eine gewisse Vertrautheit herzustellen. Dieses schnelle Miteinander-bekannt-Werden ist für Zigeuner deshalb so wichtig, weil sie keine Zeit haben, ihre Freundschaften langsam aufzubauen, wie es bei Sesshaften üblich ist. Auf ihren Reisen lernen sie dauernd neue Leute kennen und ebenso schnell trennen sich ihre Wege wieder. Die Wahrsagerei ist im Grunde also nichts anderes als ein gesellschaftliches Kontaktmittel."

5

Drei Uhr morgens. Orlando redete und redete …

Ich hörte ihm kaum mehr zu, als er plötzlich auf ein anderes Verbrechen zu sprechen kam: „Ich habe ja damals diese Leiche im Bacherpark gefunden. Vielleicht hat mich heute derselbe Täter angegriffen, der die Frau damals umgebracht hat. Bestimmt hielt er mich für einen Zeugen, weil ich sie gefunden habe. Und vielleicht geht ja auch die Gasexplosion in dem Haus am Margaretenplatz auf sein Konto."

„Schon möglich", murmelte ich, ohne wirklich zuzuhören. Mir fielen fast die Augen zu.

„Weißt was, wir beide zeigen's den Bullen", sagte er. „Wir werden diesen Killer gemeinsam überführen. Schließlich habe ich ja das erste Mordopfer …"

„Wie bitte?“

„Du hörst mir nicht zu. Ich hab gerade gesagt, dass ich Ilona, die Tote im Bacherpark, meine ich, gefunden habe. Vor einem Monat. Hast du das nicht mitgekriegt?“

„Doch, natürlich ... Aber ich wusste nicht, dass du was damit zu tun hattest.“

„Stand in allen Zeitungen. Sogar ein verschwommenes Bild von mir haben sie veröffentlicht. Hätte sie dafür klagen können ...“

„Bitte Orlando, worum geht es?“

„Um die schöne Tote im Bacherpark, das sagte ich doch gerade!“

„Ich weiß. Aber bitte komm endlich zur Sache.“

„Okay. Ich ging in jener Nacht sehr spät nach Hause. Kam von einem Typen, der in der Nähe vom Bacherplatz wohnt. Ich war ziemlich fertig, denn der hatte es mir auf die ganz harte Tour besorgt.“

„Bleib beim Thema. Deine sexuellen Abenteuer interessieren mich nicht.“

„Es war saukalt und fürchterlich eisig auf den Gehsteigen. Ich musste höllisch Acht geben, um nicht auszurutschen. Deshalb ging ich auch durch den Park, weil dort Schnee lag. Dicke Flocken fielen vom Himmel. Ich stapfte also im Schutz der hohen Bäume durch den Park und fragte mich, was wohl aus den sogenannten Besetzern des Parks geworden war. Hatte mich nie dazu aufraffen können, mich ihnen anzuschließen. Ich weiß nicht einmal genau, worum es denen eigentlich gegangen ist.“

„Sie wollten den Bau einer Tiefgarage verhindern“, warf ich ein.

„Genau. Ich bin auch umweltbewusst, trenne brav meinen Müll. Aber so ein richtiger Grüner bin ich nicht, eher ein Anarchist oder ...“

„Deine Weltanschauung in Ehren, aber ich würde jetzt wirklich gern mehr über diesen Mord erfahren.“

„Ich rede zu viel, ich weiß eh. Ist ein altes Leiden von mir. Einer meiner Lover, ein Psychologe mit einem Sprachtick, er stotterte ganz schrecklich, wenn er erregt war, und das war er meistens in meiner Gegenwart, behauptete mal, ich würde unter Logorrhö leiden. Weißt, was das auf Deutsch heißt? Sprechdurchfall."

Ich musste lachen, schaute ihn aber streng an.

„Okay. Also, ich schlenderte durch den tief verschneiten Park. Die Äste der hohen Bäume hatten alle dicke weiße Häubchen und der Boden unter dem Neuschnee war gefroren."

„Orlando, nerv mich nicht!"

„Ist ja gut, bin gleich beim Thema. Ich rutschte aus. Erwischte buchstäblich in letzter Sekunde einen Baumstamm. Hielt mich daran fest. Und da sah ich sie plötzlich. Sie lag auf dem Bauch. War halbnackt. Hatte zwar ihren kurzen dunkelbraunen Webpelzmantel an, aber ihr Minirock war hochgerutscht, entblößte ihren nackten Hintern. Sie trug violette Strapse und schwarze Strümpfe, aber keinen Slip. Ihr schwarzes langes Haar breitete sich auf dem schneebedeckten Boden aus. Ich musste sofort an Schneewittchen denken. Es war eine Vollmondnacht. Das rabenschwarze Haar, der schlohweiße Hintern. Stimmt nicht ganz, sie hatte eine auffällige große Tätowierung, einen feuerspeienden Drachen, auf ihrer linken Arschbacke. Ich konnte mich erst nach ein paar Sekunden von diesem phantastischen Anblick losreißen."

„Komm schon. Es reicht."

„Du bist so unromantisch, liebe Katharina. Stell dir mal vor, du hättest diese schöne tote Frau entdeckt. Wäre dir nicht auch als Erstes diese perfekte Inszenierung aufgefallen?"

„Sicher nicht. Ich hätte mich sofort um sie gekümmert."

„Hab ich ja auch. Ich berührte vorsichtig ihren Kopf, versuchte ihr Gesicht zu mir zu drehen. Sie war steifgefroren. Ich hatte Angst, ihr den Hals zu brechen. Die Arme sah entsetzlich aus. Der Hals und ihre Brust waren voller Blut, Stirn und Wangen blutverschmiert, das Make-up total zerronnen. Vorher hat sie viel, viel besser ausgesehen. Ich kannte sie vom Sehen. Sie hieß, wie gesagt, Ilona, war Ungarin und hat an einem Würstelstand am Margaretner Gürtel Käsekrainer und Frankfurter verkauft. Angeblich hat sie manchmal auch für so Soft-Pornoheftl gemodelt, weißt eh."

„Weiß ich nicht. Egal. Was hast du dann gemacht?"

„Ihre großen dunklen Augen waren offen, starrten mich traurig an. Auch auf ihrem Mantel klebte verkrustetes Blut. Sie war mit einer Flasche erschlagen worden. Glassplitter zierten ihr schwarzes Haar. Die Scherben leuchteten im Mondlicht. Und neben ihrem Kopf lag eine zerbrochene Flasche kubanischer Rum. Noch dazu ein Añejo. Echt schade um den guten Rum!"

„Im Cuadro sind auch alle ganz geil drauf."

„Wer ist geil?"

„Keiner. Jedenfalls bist du voll in die Scheiße getreten", sagte ich.

„Ja, volle Scheiße! Aber es kommt noch schlimmer ... Ich muss gleich kotzen, wenn ich dran denk ..."

„Warum?"

„Dieses Schwein hatte was in ihrer Möse stecken gelassen. Da sie ja auf dem Bauch lag, hab ich's im ersten Moment nicht gleich bemerkt."

„Was?"

„Den abgebrochenen Flaschenhals."

„Oh nein!"

„Oh ja. Es schauten ein paar Scherben aus ihrer Muschi. Hoffentlich hat sich der Gerichtsmediziner nicht geschnitten, als er sie rausholte."

„Das wäre meine geringste Sorge gewesen", murmelte ich. „Hoffentlich hast du sofort die Polizei angerufen?"

„Nicht sofort, ich musste mich ja erst beruhigen. Hab mich auf die Schaukel am Kinderspielplatz gesetzt, aber so, dass ich der Leiche den Rücken zugekehrt hab, und mir einen Joint gedreht."

„Das darf nicht wahr sein", sagte ich empört, nicht wegen des Joints, sondern weil er die Leiche der armen Frau einfach liegen gelassen hatte.

„Mir war sauschlecht."

„Und dann rauchst dich noch ein?"

„Ja, das hilft auch gegen Übelkeit. Nachdem ich den Stummel im Schnee vergraben hatte, rief ich die Bullen an. Und was war das Resultat? Ich verbrachte den Rest der Nacht im Knast. Super, echt geil! Leider hatte ich eine Einzelzelle. Mir ist also nicht einmal ein kleiner flotter Dreier mit anderen Knackis vergönnt gewesen.“

„Orlando!“

„Sei nicht so prüde“, sagte er und tätschelte meine Hand. „Es war wirklich schlimm. Saukalt war's in der Zelle. Ich hab kein Auge zugetan. Am nächsten Morgen habe ich einen Anwalt angerufen, mit dem ich mal zusammen war. Er hat mich gleich wieder rausgeholt. Sie konnten mir natürlich nichts beweisen. Nicht einmal, dass ich einen Joint geraucht hatte. Sie haben es nur gerochen. Außerdem wird man deswegen nicht eingesperrt.“

„Und dieser Mord wurde bisher nicht aufgeklärt?“, unterbrach ich ihn ungeduldig.

„Nein. Und wenn ein Mord nicht innerhalb von 48 Stunden oder zumindest innerhalb einer Woche aufgeklärt wird, passiert nicht mehr viel. Dann rennt der Täter weiter frei herum.“

„Blödsinn“, sagte ich.

„Jedenfalls ermittelt die Polizei in eine völlig falsche Richtung. Glaub mir.“ Er klang schon ziemlich besoffen. Hörte aber nicht auf, mich zu beschwatzen. „Je mehr ich über diesen Mord, die schreckliche Gasexplosion und den Mordversuch an mir nachdenke, desto sicherer bin ich mir, dass es sich um einen Serienkiller handelt. Der erste Mord fand mitten im Fasching statt. Die junge Serbin wurde gestern in die Luft gejagt. Und mich hat er heute umbringen wollen. Du wirst sehen, demnächst wird wieder eine schöne junge Frau dran glauben müssen. Die Margaretnerinnen gehören gewarnt. Hast du nicht Beziehungen zu unserem Bezirksvorsteher? Der sitzt doch eh manchmal im Cuadro. Du könntest auch mit dem Häupl reden. Soviel ich weiß, ist unser Bürgermeister ja Stammgast beim Silberwirt.“

Ich schüttelte den Kopf.

„Zumindest könntest du mit dem Doktor reden.“

„Mit wem?“

„Na mit deinem Chef, dem Gergely. Womöglich könnte er was unternehmen?“

„Den habe ich noch nie zu Gesicht bekommen. Manchmal frage ich mich, ob er überhaupt existiert. Kennst du ihn?"

„Kennen ist übertrieben. Ich bin ihm einige Male begegnet."

„Also ist er kein Phantom?"

„Nein, den gibt es wirklich. Er war früher ein bekannter Journalist und ist, soviel ich weiß, auch Musiker. Spielt angeblich Cello und ..."

„Ich hab geglaubt, er ist Chemiker", unterbrach ich ihn.

„Was weiß ich. Vielleicht hat er verschiedene Begabungen? Hab ich ja auch. Ruf ihn einfach an und erzähl ihm von unserem Verdacht."

„Deinem Verdacht! – Ich mach mich doch nicht lächerlich."

„Zwei ermordete junge Frauen, abgesehen von dem Mordanschlag auf mich – das finde ich überhaupt nicht lächerlich", sagte Orlando ernst.

„Vielleicht hast du ja recht mit deiner Theorie", überlegte ich laut. „Weißt, wen ich fragen werde? – Den Doktor Mader, der ist Psychiater."

„Ein Shrink, oh nein, bitte, das sind die Ärgsten!"

„Der kennt sich bestimmt mit Profilerstellungen aus. FBI, du weißt schon. Er kommt nachmittags manchmal ins Cuadro. Ihm werde ich von deinem Verdacht erzählen. Er ist total nett. Außerdem ist er ein Freund vom Gergely."

„Ich glaube, jetzt weiß ich, von wem du sprichst. Der große schöne Mann, der seine Ordination im Schlossquadrat hat? Okay, mit dem darfst du reden."

„Danke vielmals! Aber das hätte ich auch ohne deine Erlaubnis getan."

„Nimmst du mich mit?"

„Du spinnst wohl!"

Orlando grinste mich blöde an. „Ich kapiere. Du bist in ihn verknallt, gib's zu. Verständlich, er ist ja auch wirklich sehr fesch. Allerdings schwer vergeben, soviel ich weiß."

„Du irrst dich. Ich will keine Beziehung. Das habe ich dir schon mal erklärt."

„Wer redet denn von Beziehung?"

„Eben. Fürs Bett genügen mir die Typen, die ich mir in irgendeiner Bar aufgable. Die werde ich vorm Frühstück wieder los. Aber zurück zum Bacherpark-Mord."

„Der Polizei ist dann nichts Gescheiteres eingefallen, als mich zu verdächtigen, die Kleine umgebracht zu haben. Sowas muss man sich mal vorstellen. Igitt, igitt, ich greif doch keine Frau an!" Sein Gesicht war so von Ekel verzerrt, dass ich fast wieder lachen musste. „Die Polizei hatte es eindeutig auf mich abgesehen. Verstehst du jetzt, warum ich heute, als ich selbst fast Opfer dieses gemeingefährlichen Killers geworden wäre, keine Bullen sehen wollte?"

„Klar. Einen Arzt wirst du aber wohl oder übel aufsuchen müssen, denn die Verletzung an deiner Schulter sieht wirklich böse aus. Und was willst du dem erzählen? Der muss das sicher melden."

„Du hast die Stichwunde eh ganz professionell verbunden. Außerdem kenne ich einen Unfallchirurgen. Hab mal kurz was mit ihm gehabt. Der bringt das schon in Ordnung. Ich kann ihn nur leider nicht jetzt mitten in der Nacht anrufen, er hat Frau und Kind."

„Du stehst auf verheiratete Männer, oder? Dein letzter Freund, dieser Banker, war auch so ein treusorgender Ehemann. Hast du zumindest erzählt."

„Manche dieser erfolgreichen Männer stehen halt auf kleine zarte Sisis", kicherte Orlando.

Ich fiel in sein Lachen mit ein.

Als er wieder davon anfing, mit mir gemeinsam die Frauenmorde in Margareten aufklären zu wollen, wurde ich energisch. „Lass uns morgen weiterreden. Ich muss jetzt ins Bett. Wir hatten heute volles Haus. Ich bin streichfähig. Und du solltest auch versuchen, endlich zu schlafen."

Ich bemerkte, dass er einen Blick auf meinen kleinen Fernsehapparat, der gegenüber der Chaiselongue stand, warf.

„Schalt bloß nicht den Fernseher ein! Ich habe keine Tür in meinem Schlafzimmer. Und ich gehöre zu den wenigen Menschen, die beim Fernsehen nicht schlafen können, egal wie öde das Programm ist."

Es war vorauszusehen, dass es eine kleine Ewigkeit dauern würde, bis Orlando zu Bett ging. Liebevoll begann er seine Sisi-Perücke zu bürsten, man könnte fast sagen, zu striegeln.

„Du machst mich nervös", sagte ich. „Es ist doch nur eine Perücke."

„Sisi hat ihre Haare täglich drei Stunden lang bürsten lassen. Wenn du mir hilfst, sind wir schneller fertig."

Ich deutete ihm einen Vogel.

„Ihre Haare waren fünf Kilo schwer."

„Deshalb litt sie auch ständig unter Kopfschmerzen", sagte ich nüchtern. „Und wenn ich dir zuschau, krieg ich, ohne fünf Kilo am Schädel, auch gleich welche."

Während er weiter zärtlich das lange Haar bürstete, erzählte er mir von seiner unglücklichen Liebe zu Bernd Schlacher, dem Besitzer des Motto. „Ich habe ihm schon x-mal gekündigt. Er schafft es immer wieder, mich umzustimmen. Ein zärtlicher Blick, ein verführerisches Lächeln, und sogleich ziehe ich meine Kündigung zurück. Meistens beachtet er mich kaum, flirtet andauernd mit anderen Tussen. Manchmal habe ich sogar Angst, dass er mich verachten könnte. Vielleicht sind ihm Transen zuwider? Was meinst du?"

Ich stellte mich schlafend. Aus den Augenwinkeln beobachtete ich, wie er, trotz seiner angeblich schlimmen Schmerzen, ein paar eigenartige Turnübungen vor meinem Vorzimmerspiegel machte und danach in meinem Badezimmer verschwand.

2. Akt

6

Ich holte mein altes Steyr Waffenrad aus dem Keller, pumpte beide Reifen auf und fuhr los.

Da Orlando sich weigerte, meine Wohnung ohne neue Brüste zu verlassen, machte ich bei Midinette, dem Laden von Frau Klaric am Margaretenplatz, Halt. Ich kannte Frau Klaric seit meiner Kindheit. Meine Mutter hatte mich öfter mitgenommen, wenn sie bei ihr eingekauft hatte. Ihr damaliges Geschäft in der Pilgramgasse war mir wie das Paradies vorgekommen. Heute ist dort ein Bio-Laden.

Auch die Midinette war einzigartig. Das Angebot überwältigend: von seidener Spitzenunterwäsche über alte Schreibmaschinen bis zu antiquarischen Büchern und getragener Kleidung. Man fand buchstäblich alles bei ihr.

Kaum hatte sie mich erblickt, bestürmte mich Frau Klaric mit Fragen: „Sie waren doch vorgestern dabei, als das Haus am Margaretenplatz in die Luft geflogen ist. Haben Sie eine Ahnung, wer hinter diesem Anschlag steckt? Diese arme junge Serbin! Glauben Sie, dass es sich um ein politisches Attentat handelte, oder um eine Familienfehde? Hier im Bezirk wird so einiges gemunkelt."

Ähnlich wie Orlando bildete sich Frau Klaric wohl ein, dass ich übersinnliche Fähigkeiten hätte. Sie ging sogar so weit zu behaupten, dass ich, so wie meine verstorbene Mutter, über den sechsten Sinn verfügen würde.

„Meine Mutter war zwar eine Romni, aber deswegen kann ich noch lange nicht hellsehen", sagte ich lachend.

„Halb Margareten hat sich von Ihrer Mutter die Zukunft voraussagen lassen", warf sie ein.

„Mag sein. Allerdings war nicht meine Mutter, sondern meine Großmutter eine begnadete Wahrsagerin. Mit Glaskugel und allem Drumherum. Würde sie heute noch leben, wäre sie bestimmt schwerreich. Der Esoterikboom brach leider erst nach ihrem Tod aus."

Frau Klaric lächelte und fragte mich, welches Sternzeichen ich sei.

„Ich bin ein Stier. Warum?"

„Hab ich's mir doch gedacht. Sie sind vernünftig, pragmatisch, eigensinnig und neugierig?"

„Genau", sagte ich lachend und besann mich wieder auf den Grund meines Besuchs.

Da sie an verrückte Sammler und Leute mit ausgefallenen Wünschen gewöhnt war, wunderte sie sich nicht über meine seltsame Frage nach einer Brustprothese. Sie musterte nur meinen vollen Busen mit kritischem Blick. Kramte eine Weile in ihren Regalen herum und reichte mir schließlich zwei unansehnliche fleischfarbene Gebilde aus weichem Material.

„Ist das Silikon?", fragte ich skeptisch.

„Nein, glaube ich nicht."

Mir schienen die beiden wabbeligen, brustähnlichen Dinger viel zu groß für den zarten Orlando zu sein.

„Haben Sie das nicht auch in einer kleineren Größe?"

„Tut mir leid. Der Bandagist am Margaretenplatz hätte sie bestimmt in verschiedenen Größen lagernd gehabt. Aber das Feuer nach dieser schrecklichen Gasexplosion hat sein ganzes Inventar vernichtet."

Ich hatte keine Lust, wegen Orlandos Spinnerei nun die ganze Stadt abzuklappern. Von mir aus konnte aus der schmalbrüstigen Sisi ruhig eine vollbusige Dolly Buster werden.

Da Orlando mich gebeten hatte, bei Frau Klaric auch ein neues Korsett für ihn zu besorgen, fragte ich: „Haben sie altmodische Korsetts?"

Sie zeigte mir ihre Schätze.

„Viel zu groß", sagte ich.

„Das fleischfarbene müsste Ihnen passen", wandte sie ein. „Sie werden Ihrer Frau Mama immer ähnlicher", fügte sie hinzu.

„Hoffentlich nicht", murmelte ich.

„Warum? Ihre Mutter war eine Traumfrau für all die ausgehungerten Männer ihrer Generation ..."

„Aber sie hat keinen anderen als meinen Vater, diesen unscheinbaren, großen, dünnen Mann mit Brille, geliebt", unterbrach ich sie.

„Die halbe Männerwelt von Margareten war in sie vernarrt."

„Habe ich gehört", sagte ich leise.

„Sie sah aus wie ein Vamp. Sie könnten genauso aussehen. Sie haben ihr Gesicht und ihr dichtes, lockiges Haar geerbt. Nur die Farbe ist anders. Allerdings sind Sie viel schlanker."

Gott sei Dank, dachte ich, sagte es aber nicht laut. Ich hatte von klein auf versucht, das mütterliche Erbe zu verleugnen. Gab mich betont maskulin. Schminkte mich kaum und trug keinen auffälligen Schmuck. Meine Mutter hatte eine Vorliebe für große, schwere Ohrgehänge und Ketten gehabt. Auch was meine Kleidung betraf, versuchte ich, mich von ihr zu unterscheiden. Sie hatte grelle, leuchtende Farben bevorzugt und ihre sehr weiblichen Formen mit entsprechender Garderobe unterstrichen. Ich trug am liebsten dunkle, relativ unauffällige Klamotten.

„Haben Sie sich etwa für Ihre Mutter geschämt?"

„Natürlich nicht. Ich stehe zu meiner Herkunft", sagte ich und wusste eigentlich nicht, warum ich das sagte. „Aber Sie wissen genauso gut wie ich, dass Sinti und Roma bei uns nach wie vor schräg angeschaut werden, obwohl Österreich das erste europäische Land war, das die Sinti und Roma offiziell als Minderheit anerkannt hat."

„Und das war gut so." Es klang eher fragend.

„Ja, es wurde langsam Zeit. Schließlich sind wir die größte ethnische Minderheit Europas", sagte ich.

Sie reagierte nicht auf meine trotzige Antwort, sondern zeigte mir nun Unterwäsche aus hauchdünner Spitze, die sie gerade aus Paris mitgebracht hatte.

Ich konnte nicht widerstehen. Verschwand hinter dem Vorhang, hinter dem sich ihr Lager und ihre Teeküche befanden, und probierte den mit kleinen roten Röschen bestickten schwarzen BH und den dazupassenden Stringtanga.

Normalerweise mochte ich es nicht, wenn ich beim Probieren von Unterwäsche gestört wurde, doch als Frau Klaric den schweren Vorhang beiseite schob und mir ihre Hilfe anbot, fragte ich sie, ob ich in meinem fortgeschrittenen Alter noch in solch aufreizender Wäsche herumlaufen könne.

Lächelnd zupfte sie an den Trägern meines BHs herum. Brachte meinen Busen in Bestform. Dann fragte sie mich, wozu ich eine Brustprothese brauchen würde.

Zögernd erzählte ich ihr von Orlando und dem missglückten Anschlag auf ihn. Ihre Augen weiteten sich vor Entsetzen, als ich ihr die Wunde unter seiner Schulter beschrieb. Sie kannte Orlando seit seiner Kindheit und schien durchaus etwas für ihn übrig zu haben. Jedenfalls gab sie mir ein paar Netzstrümpfe für ihn mit.

Ich wollte dieselben Strümpfe probieren. Während ich sie an dem schwarzen Strapsgürtel, den sie mir mit den Strümpfen reichte, befestigte, läutete die altmodische Türglocke. Ich erhaschte einen Blick auf einen dunkelhaarigen Mann in meinem Alter. Er musterte mich amüsiert, bevor ich den Vorhang zuziehen konnte.

Frau Klaric schien ihn zu kennen. Sie kannte Gott und die Welt. Während ich mich rasch wieder anzog, plauderte sie mit ihrem neuen Kunden.

Als ich hinter dem Vorhang hervorkam, stand der Feschak in einem knappen schwarzen Slip vor Frau Klaric. Er war offensichtlich gerade dabei, einen altmodischen Nadelstreifanzug anzuprobieren. Ein schlanker, aber muskulöser und stark behaarter Mann. Die Ausbuchtung in seiner Unterhose war nicht zu übersehen.

Frau Klaric zwinkerte mir belustigt zu.

Er war genau der Typ, auf den ich normalerweise reinzufallen pflegte. Dunkelhaarig, sonnenstudiogebräunt, Lachfältchen um die Augen und ein bisschen schmierig. Ich interessierte mich plötzlich brennend für eine alte Schreibmaschine, die auf einer wackeligen Kommode neben der Eingangstür stand.

Als Frau Klaric mich fragte: „Passt dem Herrn denn dieser Anzug nicht wie angegossen?“, griff ich nach einem schwarzen Borsalino.

„Setzen Sie den mal auf und dazu die schwarze Sonnenbrille aus dem Schaufenster. Damit würden Sie wie ein sizilianischer Mafioso aussehen“, sagte ich grinsend.

Er schenkte mir ein breites Gigolo-Lächeln. Sein rechter Eckzahn war mit Gold überzogen. Mir wurde bewusst, dass er eigentlich wie ein Rom aussah. Sofort verging mir das Lachen.

Frau Klaric scherzte weiter mit ihm. Er flirtete richtiggehend mit ihr, obwohl sie mindestens zwanzig Jahre älter war als er. Ich mischte mich nicht ein. Beobachtete ihn nur misstrauisch.

Als Frau Klaric dann Orlandos falschen Busen und seine Netzstrümpfe hinter dem Vorhang verpackte, gab er mir seine Visitenkarte und bat mich, ihn demnächst anzurufen. „Wir könnten uns ja mal im Cuadro treffen“, sagte er.

Er kaufte den Anzug, den Borsalino und die Sonnenbrille. Kaum hatte sich die Tür hinter ihm geschlossen, sagte Frau Klaric: „Dieser Herr ist ein guter Kunde von mir. Sieht er nicht fantastisch aus? Sein Waschbrettbauch ist einfach hinreißend.“

„Ein Mann ohne Bauch ist wie ein Himmel ohne Sterne“, sagte ich und sah mir seine Visitenkarte genauer an. „Tony Meyers. Tony mit Ypsilon. Ein Angeber“, murmelte ich abfällig. „Beruf hat er anscheinend keinen. Vielleicht ist er Zuhälter? Oder einer von diesen schwindligen Versicherungsmaklern?“

„Keine Ahnung. Aber er hat einen guten Schmäh. Ich finde ihn jedenfalls sehr charmant“, betonte Frau Klaric.

Dann widmeten wir uns wieder ernsthafteren Themen. Auch sie hatte Ilona, die Tote aus dem Bacherpark, gekannt. Und bevor ich Orlandos Serientäter-Theorie ins Gespräch bringen konnte, sagte sie: „Ich bin überzeugt, dass die beiden Frauen Opfer ein- und desselben Täters waren. Und jetzt hätte fast auch noch der arme kleine Orlando dran glauben müssen, weil er wie eine hübsche Tussi aussah. Ich sag's Ihnen, in Margareten treibt ein Serienkiller sein Unwesen.“

Ich nickte abwesend. Meine Gedanken waren bei dem Schmalspurcasanova von vorhin.

Die Türglocke gab wieder klägliche Laute von sich. Frau Klaric bot ihrer neuen Kundin Kaffee an. Dann stellte sie mir die Dame vor. „Frau Magister Käferböck, unsere Steuerberaterin."

Obwohl meine finanzielle Lage nicht gerade rosig war und ich als Angestellte eigentlich keiner Beratung bedurfte, fragte ich sie nach der Adresse ihrer Kanzlei. „Gleich dort drüben. Ziegelofengasse 21", sagte sie.

Wer weiß, vielleicht würde ich demnächst auch ein Geschäft oder ein Lokal eröffnen? Dann würde es sicher nützlich sein, Kontakt zu einer Steuerberaterin zu haben.

Frau Klaric erzählte ihrer Bekannten von dem Überfall auf Orlando.

„Orlando? Nein, das darf nicht wahr sein!", rief Gabriele Käferböck sichtlich entsetzt. „Ich kenne ihn, seit er auf der Welt ist. Seine Mutter war eine Jugendfreundin von mir. Sie war eine zarte, zerbrechliche Schönheit mit wunderschönem langem hellbraunem Haar. Als Studentin habe ich oft auf den Kleinen aufgepasst, wenn sie abends gekellnert hat. Die Arme musste sich und den Jungen allein durchbringen. Ihr Studium hat sie bald nach seiner Geburt aufgegeben. Auch ich habe neben dem Studium immer gearbeitet, allerdings im Statistischen Zentralamt und nicht bis Mitternacht in einer Bar. Orlandos Vater war Italiener, ein Urlaubsflirt mit verhängnisvollen Folgen. Der Typ hat sich bald nach seiner Geburt abgesetzt. Meine Freundin hat es nicht leicht gehabt mit dem Jungen. Er war ein schwieriges Kind, versponnen und überaus sensibel. Als Gymnasiast hat er immer vorgegeben, von italienischem Adel abzustammen. Er litt sehr darunter, keinen Vater zu haben."

„Er weiß bis heute nicht, wer er ist und wo er hingehört", murmelte ich.

Frau Käferböck schaute mich irritiert an. Sie konnte nicht ahnen, dass sie mir soeben Orlandos Sisi-Tick verständlich gemacht hatte. Ich wusste, dass Orlando seine Mutter früh verloren hatte, auch das verband uns miteinander. Aber ich hatte nicht gewusst, dass seine Mutter Sisi ähnlich gesehen hatte.

„Später haben wir uns aus den Augen verloren. Als ich dann vom Selbstmord meiner Jugendfreundin erfuhr, versuchte ich wieder Kontakt mit Orlando aufzunehmen, aber er war wie vom Erdboden verschluckt. Er muss damals sechzehn oder siebzehn gewesen sein."

Ich fiel aus allen Wolken. Orlando hatte mir nie erzählt, dass sich seine Mutter umgebracht hatte.

„Unlängst habe ich ihn zufällig auf der Straße getroffen. Er erzählte mir, dass er Maler sei. Ich habe ihm angeboten, ein paar Bilder in meiner Kanzlei aufzuhängen. Die Bilder hängen noch immer bei mir. Seit der Vernissage habe ich nichts mehr von ihm gehört."

Frau Käferböck hatte ihren Kaffee inzwischen ausgetrunken und verabredete sich mit Frau Klaric für die kommende Woche. Dann eilte sie weiter zu ihrem nächsten Termin.

Schweigend bezahlte ich Orlandos neue Brüste, meinen BH und den Slip. Strapse und Netzstrümpfe gab ich Frau Klaric zurück. Ich wusste nicht, wann ich sie tragen sollte, ich lief ja fast nur in Jeans herum.

Als ich mit der französischen Unterwäsche in meiner Handtasche die Midinette verließ, beschloss ich, all meinen Mut zusammenzunehmen und Dr. Mader anzurufen. Wenn in Margareten einer über Serienmörder Bescheid wusste, dann er. Außerdem hatte mir das kurze Gespräch mit Frau Klaric über meine Mutter wieder einmal bewusst gemacht, dass ich es dringend nötig hatte, meine Vergangenheit gründlich aufzuarbeiten. Ich litt, genauso wie Orlando, nach wie vor unter einem Mutterkomplex. Es konnte sicher nicht schaden, eine Therapie zu machen.

Davor wollte ich jedoch noch rasch im Möbelhaus Grünbeck vorbeischauen. Ich hatte ohnehin vorgehabt, mir im Abverkauf eine Ausziehcouch zuzulegen, und da Orlando nicht gewillt schien, meine Wohnung bald wieder zu verlassen, brauchte ich dringend eine Schlafgelegenheit für ihn. Schon seit Wochen hatte ich ein Auge auf ein wunderschönes kleines Schlafsofa in Grünbecks Auslage geworfen. Leider war es nicht nur schön, sondern auch sündhaft teuer.

7

Als ich die Margaretenstraße entlangradelte, vernahm ich plötzlich lautes Gekeife. Ein paar alte Frauen standen kreischend am Straßenrand und prügelten mit ihren Stöcken und Regenschirmen auf ein paar nackte Radfahrer ein, die mir entgegenkamen. Ich winkte den Demonstranten amüsiert zu.

„Radfahrer brauchen mehr Platz", forderten die Veranstalter von „Critical Mass", einer Gruppe, die jeden dritten Freitag im Monat Fahrrad-Demos quer durch Wien veranstaltete. Sie wollten zeigen, wie nackt und schutzlos sie sich im täglichen Straßenverkehr fühlten. Einige Anrainer goutierten jedoch den Anblick von nur mit Schuhen, Hut oder Bauchtasche bekleideten Männern nicht. Obwohl einer der Teilnehmer ein Transparent mit sich führte, auf dem stand: „Radfahren ist sexy."

Vielleicht würde diese Demo bei den Wienern besser ankommen, wenn sich auch die Frauen entkleidet hätten, dachte ich. Denn die demonstrierenden Radlerinnen hielten sich bedeckt. Trugen zumindest BH oder Bikini-Oberteil. Aufgemalte Verkehrsschilder und Fahrräder zierten hingegen die nackten Oberkörper der Männer. Sie schienen keine Angst vor den Schlägen der alten Frauen zu haben.

„Man muss halt aufpassen", sagte einer zu mir, als ich ihn fragte, ob er nicht um sein bestes Stück fürchten würde.

„Außerdem sind die meisten von uns eh nicht so gut bestückt", sagte sein Freund, der langsam hinter ihm her strampelte.

Lachend gab ich ihm, nach einem Blick auf seinen Schwanz, der sich bei der Kälte verkrümelt hatte, Recht.

Der alteingesessene Familienbetrieb Grünbeck war heute ein exklusives Einrichtungshaus. Stefans Vorfahren waren Möbeltischler gewesen. Sein Vater hatte bereits Architektur studiert und in Nordeuropa gearbeitet. Deshalb hatten sie auch bis heute wunderschöne skandinavische Designermöbel im Sortiment.

Stefan Grünbeck war in dieselbe Schule gegangen wie ich. Nach einer Tasse Kaffee sprach ich mit ihm relativ offen über den Mord im Bacherpark, die Gasexplosion und über den Mordversuch an Orlando.

Stefan wurde sehr nachdenklich. „Bei uns ist kürzlich auch etwas Furchtbares passiert“, sagte er. „Ich weiß nicht, ob du davon gehört hast und natürlich weiß ich nicht, ob dieser Vorfall mit den brutalen Morden irgendwie in Zusammenhang steht. Jedenfalls wurde bei uns eine junge Frau überfallen.“

„Wie bitte? Das darf ja wohl nicht wahr sein“, sagte ich.

„Wir haben die Geschichte nicht an die große Glocke gehängt. Aber wenn ich ihn nicht sozusagen auf frischer Tat ertappt hätte, wer weiß, ob nicht noch Schlimmeres ...“

„Erzähl!“, unterbrach ich ihn.

„Sei nicht so ungeduldig, Kafka. Du hast dich überhaupt nicht verändert.“

„Tut mir leid, aber ich platze vor Neugier.“

„Am Faschingdienstag hatten wir nachmittags volles Haus. Nicht nur unsere Stammkunden, sondern auch Freunde und Bekannte waren gekommen, um mit uns ein Gläschen Sekt zu trinken. Wir hatten unten ein kleines Buffet aufgebaut und alle waren bester Laune. Einige unserer Gäste waren maskiert. Auch unsere Angestellten hatten sich verkleidet. Plötzlich vermisste ich eine Aushilfskraft, eine Architekturstudentin, die in den Semesterferien bei uns jobbte. Julia ist sehr wohlerzogen und ich wunderte mich, dass sie sich nicht, wie sonst immer, verabschiedet hatte. Außerdem hatten wir ja noch nicht Geschäftsschluss.“

„Stefan, bitte, mach es nicht so spannend.“

„Ich begab mich auf die Suche nach ihr. Als ich die Stiege zu den neuen Ausstellungsräumen im zweiten Stock hinaufging, hörte ich einen Schrei. Ich nahm die restlichen Stufen im Laufschritt. Ganz hinten im letzten Raum, in dem wir unsere neuen französischen Betten präsentierten, fand ich sie in Tränen aufgelöst und halbnackt auf der Bettkante hockend. Auf dem Boden lagen die Scherben von Sektgläsern und das Bett war total zerwühlt. Als ich zu ihr eilte, stürzte sich ein maskierter Clown, der sich hinter einer Schranktür versteckt hatte, auf mich und schlug mir eine Nachttischlampe auf den

Kopf. Er hatte schlecht gezielt, die Lampe streifte nur meine Schläfen. Sein Glied hing schlaff aus seiner offenen Hose. Ich gab ihm einen Tritt zwischen die Beine. Er krümmte sich vor Schmerzen. Die ganze Situation war vollkommen grotesk. Die großen kugelrunden Augen, der grinsende Mund, der ausgestopfte Bauch, die weite offene Hose ... Wenn das weinende Mädchen nicht gewesen wäre, hätte ich wahrscheinlich zu lachen begonnen."

„Und was geschah dann?"

„Leider war mein Tritt nicht hart genug gewesen. Er riss den Polster aus seinem Hemd, warf ihn mir ins Gesicht und rannte davon. Ich lief ihm hinterher, doch die Kleine bat mich schluchzend, bei ihr zu bleiben. Und während ich zögerte, war er verschwunden. Ich rief sofort meinen Vater an, der unten bei den Gästen war. Bei all dem Gelächter hörte er das Klingeln seines Handys nicht. Der Typ entkam also. Später erzählte mir einer der Gäste, dass er dem Clown, der das Geschäft watschelnd wie Charlie Chaplin verlassen hatte, zugeprostet hätte."

„Und was war mit dem Mädchen?"

„Die arme Julia stand unter Schock. Gott sei Dank war es bei einem Vergewaltigungsversuch geblieben. Wir schickten die Kleine sofort in Therapie zu Doktor Mader und übernahmen selbstverständlich alle Kosten."

Ich spürte, wie meine Wangen heiß wurden, und fragte ganz beiläufig: „Hat er ihr helfen können?"

„Das war wirklich erstaunlich. Schon nach ein paar Sitzungen fragte sie mich, ob sie im Sommer wieder bei uns arbeiten könne. Zum Glück ist ihr nicht wirklich was passiert. Sie hatte zwar ein paar blaue Flecken, weil der Typ sie so brutal aufs Bett gezwungen und ihr die Kleider zerfetzt hatte, aber er hat sie, wie gesagt, nicht vergewaltigt."

„Weil du aufgetaucht bist. Mein Gott, Stefan, stell dir vor, du hättest sie nicht vermisst. Nicht auszudenken, was er mit ihr angestellt hätte."

„Du meinst, es könnte sich um diesen Serienmörder handeln?"

„Höchstwahrscheinlich. Oder glaubst du an Zufälle? Ich kann mir nicht vorstellen, dass in unserem Bezirk ein Vergewaltiger und ein Frauenmörder gleichzeitig ihr Unwesen treiben. Hast du die Polizei informiert?"

„Natürlich. Das Blöde war, dass weder das Mädchen noch ich ihnen eine ordentliche Beschreibung des Täters liefern konnten. Er sah halt einfach aus wie ein Clown. Nur dass er keine Clownschuhe anhatte, sondern sehr breite, extravagant aussehende rote Lederschuhe, die bestimmt nicht billig waren."

„Meinst du diese Gesundheitsschuhe, die es drüben bei Vega Nova gibt?"

„Ja, genau die", sagte Stefan Grünbeck.

„Hast du den Geschäftsführer von Vega Nova danach gefragt?"

„Du meinst den Gerhard Pogats? Nein, daran habe ich leider nicht gedacht."

„So ein Mist. Der Pogats kennt sicher viele seiner Kunden persönlich."

„Die Polizei konnte nicht weiter ermitteln, da Julia keine Anzeige machen wollte, nachdem sie gehört hatte, dass sie sich dann von einem Amtsarzt untersuchen lassen müsste. Außerdem befürchtete sie, dass die Boulevardpresse diese Geschichte ausschlachten würde. Selbstverständlich mussten wir ihre Entscheidung respektieren."

Ich besann mich nun wieder auf den eigentlichen Grund meines Besuches. Begann mit Stefan über den Preis für das edle skandinavische Zweiersofa zu verhandeln. Wir wurden uns rasch einig. Er ließ mir tatsächlich ein paar Prozent auf den ohnehin reduzierten Preis nach. Ich versprach ihm dafür großspurig, diesen mörderischen Clown zu finden.

„Sei bloß vorsichtig, Katharina!", rief er mir besorgt nach.

Da ich zu feig war, einfach bei Dr. Mader anzuläuten, ging ich in die Margareta, das jüngste Lokal im Schlossquadrat. Ich wusste, dass er dort manchmal anzutreffen war. Außerdem hatte ich Hunger.

Ich setzte mich an einen der kleinen Marmortische gegenüber der Theke. Schon früher, noch bevor ich im Cuadro zu arbeiten begonnen hatte, war ich gern in der Margareta gesessen. Vor allem im Frühjahr und Sommer fühlte ich mich dort fast wie in Bella Italia. Ich liebte den romantischen Hofgarten mit den uralten sizilianischen Olivenbäumen, den bunten Blumen und dem Kräuterbeet mit mediterran duftendem Lavendel, Rosmarin und Salbei. Auch den Schanigarten am Margaretenplatz fand ich cool. Ich beobachtete gern die vorbeifahrenden Autos und das Getümmel auf der Straße. In New York war ich oft stundenlang in meiner Lieblingsbar Fanelli's in Soho gesessen und hatte beim Fenster hinausgesehen.

Die Innenausstattung der Margareta erinnerte mich an eine typische italienische Trattoria. Die Wände waren zum Teil holzvertäfelt oder in Pompeijanisch-Rot gestrichen und der Boden schien aus einem alten venezianischen Palazzo zu stammen. Das ganze Lokal war in eher gedämpften Rottönen gehalten. Beim Eingang und in den Fensternischen standen Grünpflanzen. Die hausgemachte Pasta und die dünne knusprige Pizza wurden vor den Augen der Gäste zubereitet.

Davide, mein norditalienischer Kollege, brachte mir die Karte. „Heute gibt's auch wieder frischen Branzino aus dem Hafen von Triest und frische Muscheln", sagte er und strahlte dabei übers ganze Gesicht.

Ich entschied mich für den Branzino und ließ mir von ihm einen Weißwein empfehlen. Ich hatte nicht allzu viel Ahnung von Wein.

8

Mit seinen zwei Metern war Dr. Mader schwer zu übersehen. Für einen Psychiater war er wirklich ein auffallend gut aussehender Mann. Als er die Trattoria betrat, hatte ich gerade meinen Fisch verdrückt. Die Hälfte der wunderbaren Polenta hatte ich übriggelassen.

Er setzte sich an den kleinen Tisch neben mir, bestellte Sardina in savor und ein Glas Weißwein.

Ich rückte meinen Stuhl näher an seinen, wandte ihm mein Gesicht zu und sagte: „Guten Tag. Mein Name ist Katharina Kafka."

„Doktor Mader. Wir kennen uns vom Cuadro", sagte er. „Schmeckt Ihnen die Polenta nicht?"

„Oh doch, aber ich kann nicht mehr", sagte ich hastig und fragte, ob ich kurz mit ihm reden könne.

Er nickte, sagte jedoch, dass er um fünfzehn Uhr mit Dr. Gergely verabredet sei.

Ich redete einfach drauflos. Zuerst schilderte ich ihm den Mordversuch an Orlando. Über die Gasexplosion und den Mord im Bacherpark wusste er schon Bescheid. Den abgebrochenen Hals der Añejo-Flasche, der in Ilonas Möse gesteckt hatte, verschwieg ich ihm. Es war mir einfach unangenehm, darüber zu reden.

„Stefan Grünbeck hat mir gerade erzählt, dass eine Aushilfskraft von ihm nach einer versuchten Vergewaltigung bei Ihnen in Therapie gewesen ist."

Er ging nicht näher darauf ein, sagte nur nachdenklich: „Vergewaltigung ist definitiv ein Verbrechen aus Wut. Deshalb hat es auch keinen Sinn, einen Vergewaltiger zu kastrieren, denn dann produziert man nur einen wütenden Mann, der zwar nicht mehr vergewaltigt, dafür aber tötet."

„Über die junge Serbin, die bei der Gasexplosion ums Leben gekommen ist, weiß man nichts Genaueres. Die Polizei hat der Öffentlichkeit noch keine Details mitgeteilt. Glauben Sie, dass das auch ein Mord war?"

„Es wäre möglich. Serienmörder zeigen oft bereits in ihrer Kindheit einen Zug zu Grausamkeiten. Quälen zum Beispiel kleine Tiere. Tierquälerei, ungewöhnlich langes Bettnässen und Zündeln bezeichnen FBI-Profiler übrigens als die sogenannte Mordtriade."

„Sollte die Gasexplosion also kein Unfall, sondern ein Attentat desselben Täters gewesen sein, dann hat er bisher zwei Frauen und einen Mordversuch an einem jungen Mann, den er für eine Frau hielt, auf dem Gewissen", sagte ich.

„Der Mordversuch an Orlando deutet darauf hin, dass der Täter etwas naiv oder besser gesagt sexuell unerfahren ist. Er hat offensichtlich nicht kapiert, dass es sich um einen jungen

Mann in Frauenkleidern handelte. Aber sowohl bei den Mordfällen als auch dem Mordversuch stellen sich für mich zu allererst die Fragen: Warum hat der Täter die Opfer nicht sexuell missbraucht? Warum wurden die Leichen nicht verstümmelt?" Er gab sich die Antworten selbst: „Anscheinend ging es ihm nicht darum, die Identität der Opfer auszulöschen. Außerdem handelte er offensichtlich nicht aus sexuellen Motiven. Das erscheint mir ganz wichtig zu sein. Es ist auffällig, dass, außer bei dieser versuchten Vergewaltigung, kein sexueller Angriff stattgefunden hat. Womöglich haben wir es doch nicht mit ein und demselben Täter zu tun?"

Spätestens jetzt hätte ich die Añejo-Flasche erwähnen müssen. Ich Idiotin schwieg weiterhin.

Es war kurz vor fünfzehn Uhr. Bevor mein Chef erschien, wollte ich lieber verschwinden. Obwohl ich eigentlich neugierig war, ihn endlich zu Gesicht zu bekommen, war mir jetzt nicht danach, ihm zu begegnen. Allerdings nützte ich die Gelegenheit, um Dr. Mader ein bisschen über den Gergely auszufragen. „Er war doch mal Journalist, oder?"

„Ja, er hat 17 Jahre lang als Wissenschaftsjournalist für das Profil, die Süddeutsche Zeitung und für Die Zeit gearbeitet. Hat sogar mehrere internationale Preise für seine journalistische Tätigkeit eingeheimst. Was wollen Sie sonst noch über ihn wissen? Sie platzen ja fast vor Neugier", sagte er mit einem schelmischen Grinsen.

„Wahrscheinlich hatte es auch etwas Gutes, dass er damals beim Profil gegangen ist. Denn wenn er dort geblieben wäre, gäbe es heute kein Schlossquadrat und die Gegend um den Margaretenplatz wäre vermutlich genauso vergammelt wie vor zwanzig Jahren."

„So kann man das auch betrachten", sagte Dr. Mader amüsiert und blickte auf seine Armbanduhr.

Hastig sagte ich, dass ich unser Gespräch demnächst gern fortsetzen würde. Zuletzt wagte ich es endlich auch, ihm den wahren Grund für meine Kontaktaufnahme zu gestehen: „Machen Sie auch Psychotherapie?"

Er nickte.

„Ich war schon mal kurz in psychotherapeutischer Behandlung. Damals, als meine Eltern ermordet wurden."

Sein entsetzter Blick freute mich.

„Vielleicht interessiere ich mich deshalb so sehr für Verbrechen und habe das Gefühl, mich immer einmischen zu müssen. Aber genau darüber würde ich gern mal in Ruhe mit Ihnen reden."

Er griff sofort nach seinem Terminkalender. „Im Moment ist es etwas schwierig. Ich könnte Ihnen höchstens morgen in aller Früh, bevor ich ins Spital fahre, einen Termin für ein Erstgespräch anbieten", sagte er.

„Passt wunderbar. Danke." Ich spürte, dass meine Wangen heiß wurden. Das konnte ja eine lustige Therapie werden.

„Die Aufklärung dieser schrecklichen Morde sollten Sie lieber der Kriminalpolizei überlassen. Es scheint sich um einen sehr gefährlichen Täter zu handeln. Sie könnten sich ernsthaft in Gefahr bringen, wenn Sie weiterhin Amateurdetektivin spielen."

Ich war zwar nicht beleidigt, aber die „Amateurdetektivin" würde ich ihm so rasch nicht verzeihen.

Als Davide ihm die Sardina in savor servierte, sprang ich auf.

Dr. Mader erhob sich ebenfalls, um sich zu verabschieden. Trotz meiner stolzen 1,76 kam ich mir neben ihm wie ein Zwerg vor.

Nach diesem aufschlussreichen Gespräch ging ich in die Buchinsel, eine kleine Buchhandlung schräg gegenüber, und kaufte mir zwei Psychothriller. Ich hoffte, von diesen amerikanischen Bestsellerautoren mehr über Serienkiller zu erfahren, um für Dr. Mader eine ebenbürtigere Gesprächspartnerin zu sein. Normalerweise recherchierten amerikanische Kriminalschriftsteller recht sorgfältig.

Pünktlich um sechzehn Uhr begann ich meinen Dienst im Cuadro.

Als Kellnerin hört man, vor allem abends, jede Menge Lebensbeichten. Auch tagsüber kamen viele Leute auf einen Kaffee oder einen Drink vorbei, um sich auszuweinen, sich über ihren Chef oder ihre Ehefrau zu beklagen. Anscheinend wähnten unsere Gäste ihre kleinen Geheimnisse bei uns gut aufgehoben. Wahrscheinlich ersetzten wir so manchem den Psychotherapeuten oder den Priester.

Heute Abend hatte ich keine Geduld für die Probleme anderer Leute. Als zu später Stunde der fesche Tony Meyers ins Cuadro reinschneite und mich mit seinem umwerfend charmanten Lächeln zu bewegen versuchte, ihn ins Motto zu begleiten, war meine Laune am Tiefpunkt angelangt.

„Ein anderes Mal gern. Heute bin ich total fertig", sagte ich.

Er trug hautenge Jeans und ein T-Shirt mit V-Ausschnitt. Das Goldketterl mit einem Kreuz war nicht zu übersehen. Er glich aufs Haar dem typischen Latin Lover, den man aus italienischen Filmen und aus Caorle kennt.

Tony streichelte meine Hand und sagte in zärtlichem Ton: „Du hast wunderschöne Augen, richtige Tatarenaugen."

„Ich weiß", sagte ich nüchtern. „Meine Mutter war eine Romni – eine Zigeunerin", fügte ich hinzu, da ich ihn für zu blöd hielt, um die korrekte Bezeichnung zu kennen.

„Hab ich gehört", flüsterte er, als wäre das ein großes Geheimnis zwischen uns beiden. „War sie auch rothaarig?", fragte er und strich mir über den Kopf.

„Nein. Die roten Haare verdanke ich meinem Vater."

„In deinen Augen spiegeln sich alle Farben des Wassers wider", fuhr er fort, Süßholz zu raspeln. „Und deine Lippen scheinen nur darauf zu warten, geküsst zu werden ..."

„Blablabla", murmelte ich und machte mir einen Espresso. Das laute Geräusch der Maschine übertönte seine nächsten Worte.

„Ja, ja, ist schon okay. Bitte geh jetzt. Ich muss hier Schluss machen."

„Darf ich dich wenigstens nach Hause begleiten?"

Ich schüttelte energisch den Kopf. Er wirkte enttäuscht. Gab sich aber verständnisvoll. Nahm mein Gesicht in beide Hände und gab mir einen zärtlichen Kuss auf den Mund.

Der Knabe hat schöne Hände, schmale, lange Pianistenfinger. Hart gearbeitet hat der in seinem Leben sicher nie, dachte ich und bereute beinahe, ihn abgewiesen zu haben.

Ich hatte an diesem Abend tatsächlich vor, gleich nach der Arbeit heimzugehen und mich aufs Ohr zu legen. Orlandos neuer Super-Busen und meine Reizwäsche von Midinette befanden sich nach wie vor in meiner Handtasche. Außerdem hatte ich ein schlechtes Gewissen, weil ich Orlando heute kein einziges Mal angerufen hatte.

Nachdem ich abgeschlossen hatte, machte ich noch eine kleine Runde durch die Innenhöfe des Schlossquadrats. Schaute, ob in einem der anderen Lokale noch was los war.

Es herrschte bereits angenehme Stille. Selbst die großen Kolkraben auf den knorrigen Ästen des alten Kastanienbaums schienen schon zu schlafen.

Hinter einem der Fenster im obersten Stock schimmerte ein schwacher Lichtschein. Ich vermutete, dass der Gergely noch in seinem Büro saß, machte kehrt und ging zum anderen Durchgang, in dem mein Rad stand. Die Nacht war sternenlos. Es war stockfinster.

Plötzlich tauchte ein dunkles Ungetüm vor mir auf. Erschrocken zuckte ich zusammen. Dann entkam mir ein erleichtertes Lachen. Ich war fast in Gergelys alten Traktor reingerannt. Auch so ein Spleen von unserem „Schlossherrn". Wozu brauchte er einen Traktor mitten in der Stadt? Im Schlossquadrat herrschte zwar eine fast ländliche Idylle, aber weit und breit gab es keine Felder zu bestellen.

9

Auf den Straßen war nicht mehr viel los. Die elektrischen Margariten waren ausgeschaltet.

In meiner Wohnung empfing mich ebenfalls kalte Finsternis. Orlando war nicht zuhause. Er hatte mir keine Nachricht hinterlassen. Allerdings war mein PC eingeschaltet.

Ich sah sofort nach, auf welchen Webseiten er sich herumgetrieben hatte. Pornos, nichts als Pornos und Partnervermittlungsseiten. Mein verdammter Kontrollzwang! Aber ich kam einfach nicht dagegen an. Vielleicht sollte ich Dr. Mader davon erzählen? Manchmal sah ich drei- oder gar viermal nach, ob ich den Herd wirklich ausgeschaltet oder die Wohnungstür zugesperrt hatte. Ich ging mir dabei selbst auf die Nerven.

Ich war nicht gerade eine Ordnungsfanatikerin. Beim Anblick meines verwüsteten Badezimmers konnte sich Orlando jedoch dazu beglückwünschen, dass er nicht da war. Meine schönsten Handtücher lagen in Wasserlachen auf dem Boden. Die Dusche war voller Haare. Und überall standen plötzlich Fläschchen und Döschen. Entweder hatte Orlando all sein Schminkzeug aus seiner Wohnung geholt oder er hatte den halben Vormittag in einem Drogeriemarkt verbracht.

Als er um ein Uhr früh noch nicht zurück war, begann ich mir Sorgen zu machen. Ich begab mich auf die Suche nach ihm. Es hatte zu regnen begonnen. Ich setzte die Kapuze meines Sweaters auf und lief los.

Nach Mitternacht hatten in Margareten nicht mehr allzu viele Lokale geöffnet. Ich erinnerte mich, dass er manchmal in die Wiener Freiheit, ein Schwulenlokal in der Schönbrunnerstraße, ging. Ich fühlte mich dort deplatziert, obwohl außer mir auch andere weiblich aussehende Wesen an der Theke lehnten. Vor allem ausländische Transen mit ihren Freunden, wie ich bald bemerkte.

Ich schaute mich in allen Nebenräumen und sogar auf den Toiletten um. Dann fragte ich den Kellner, ob er Sisi kennen würde und ob sie heute da gewesen wäre. Als er verneinte, ging ich wieder.

Kaum hatte ich die Wiener Freiheit verlassen, bildete ich mir ein, dass mir jemand folgte. Ich blieb abrupt stehen. Drehte mich um. Sah niemanden. Trotzdem vernahm ich wieder Schritte hinter mir, als ich weiterging.

Wunderbar, Kafka, jetzt kriegst du auch noch Verfolgungswahn, dachte ich und beschloss, den Schritten keinerlei Beachtung mehr zu schenken. Die Straßen waren menschenleer. Die Gehsteige trocken. Aber von den Hausdächern tropfte es. Vielleicht hatte ich das Geräusch der Tropfen für Schritte gehalten?

Obwohl das Motto nicht allzu weit von der Wiener Freiheit entfernt war, kam mir der Weg endlos lange vor. Ich war todmüde und hatte eigentlich keine Lust, weiter nach Orlando zu suchen.

Als ich mir eine Zigarette anzünden wollte, fiel mir das Feuerzeug aus der Hand. Ich bückte mich rasch. Auf einmal spürte ich einen stechenden Schmerz im Rücken. Fast auf allen Vieren kroch ich zum nächsten Hauseingang. Sank auf die Stufen nieder.

Mit schmerzverzerrtem Gesicht tastete ich meinen Rücken ab. Es steckte weder ein Messer zwischen meinen Schulterblättern, noch hatte mir jemand von hinten eine Kugel verpasst. Womöglich hatte ich schlicht und einfach einen Hexenschuss?

Ich zündete mir eine an, nahm einen tiefen Zug. Der Geschmack des verbrennenden Tabaks beruhigte mich. Der Schmerz ließ nach, schien im Rauch meiner Zigarette aufzugehen. Ich schloss die Augen und genoss den betörenden Duft. Dann schleppte ich mich mit gekrümmtem Rücken weiter ins Motto.

Das Lokal war auch zu dieser späten Stunde ziemlich voll. Dennoch entdeckte ich Orlando sogleich. Er saß allein an einem Tisch und heulte bitterlich. Das lange dunkle Haar hing ihm ins Gesicht. Seine Wimperntusche hatte hässliche schwarze Spuren auf seinen gepuderten Wangen hinterlassen. Er sah einfach erbärmlich aus.

Fast vergaß ich meine Schmerzen. Ich setzte mich zu ihm, streichelte seine Hand und fragte, was los sei.

„Er ist so gemein“, kreischte Orlando und deutete auf den DJ, der gerade eine Pause einlegte und an der Theke einen Kaffee trank.

„Was hat er dir getan?“

„Er hat die ganze Zeit mit dem Bernd geflirtet. Er will ihn mir ausspannen“, schluchzte Orlando. „Dabei hat Bernd heute endlich einmal ernsthaft mit mir geredet. Wir haben uns wirklich gut unterhalten. Er hat sich sogar meine Wunde angesehen. Aber diese verdammte Kröte hat das nicht ausgehalten, musste sich sofort einmischen. Hat so ganz auf cool gemacht. Ich hasse ihn!“

Wenn's weiter nichts ist, dachte ich, und überlegte, ob ich mir den Klassiker des Motto, einen gebackenen Emmentaler, oder lieber Schinkenfleckerl bestellen sollte. Die Nacht würde, wie es aussah, noch lang werden.

„Ich hab einen Gusto auf Schinkenfleckerl", sagte ich zu Orlando und empfahl ihm, Erdbeer-Nougat-Knödel zu nehmen: „Bei Liebeskummer hilft nur Süßes!"

„Wie kannst du ans Essen denken, wo ich gerade die größte Krise meines Lebens durchmache?", fragte er mich empört.

„Wenn ich hungrig bin, werde ich grantig. Und dann kann ich dir erst recht nicht helfen", sagte ich. „Außerdem habe ich einen Hexenschuss. Ich kann mich kaum bewegen."

Widerwillig erhob er sich und wankte zur Theke, um meine Bestellung weiterzugeben.

Sein hautenges Kleid war nicht mehr ganz sauber. Seine Frisur ebenfalls nicht mehr intakt. Es fehlten einige der falschen Diamantensternchen. Ich würde ihm diesen Sisi-Look ausreden müssen. Er machte sich komplett lächerlich. Im Fasching mochte so eine Kostümierung wohl angehen. Aber er konnte doch nicht das ganze Jahr über in diesem seltsamen Aufzug herumrennen.

Ich beobachtete, wie Bernd sich offensichtlich bemühte, Contenance zu bewahren, als Orlando ihm vor allen Gästen lautstark eine Szene machte. Bevor es zu einem Eklat kommen würde, mischte ich mich ein. Ich packte Orlando am Arm, verdrehte die Augen zur Decke und zischte leise: „Du lieber Gott, wenn du schon nicht anders kannst, dann mach es wenigstens diskret."

Wütend zerrte ich ihn zurück an unseren Tisch. „Du isst jetzt was", sagte ich energisch. „Du bist total besoffen."

„Ich bin sowieso viel zu fett. Wahrscheinlich mag er mich deswegen nicht", schluchzte Orlando.

Meiner Meinung nach war er eher untergewichtig.

„Koste wenigstens meine Schinkenfleckerl. Sie zergehen auf der Zunge und der Käse ist schön knusprig", versuchte ich ihn zu verführen.

Trotzig schüttelte er den Kopf.

Da ich wusste, dass er Süßem nicht widerstehen konnte, winkte ich dem Kellner und bestellte Erdbeer-Nougat-Knödel für meinen unglücklichen Freund.

Plötzlich riss Orlando sein Kleid vorne auf. Ein halbes Dutzend kleiner Perlmuttknöpfchen sprang in alle Richtungen. Theatralisch legte er die linke Hand auf seinen nicht vorhandenen Busen und schrie: „Ich halte diesen Schmerz nicht länger aus. Ich gehe. Und zwar für immer!"

Meine Versuche, ihn zu beruhigen, scheiterten. Ich ging auf die Toilette.

Diese verspiegelten Toiletten im Motto waren wirklich die Pest. Vor allem für Frauen über fünfunddreißig. Jedes Dellchen in der Haut sprang einen aus diesen Spiegeln tausendfach an.

Ich pinkelte trotzdem seelenruhig und stellte mir dabei vor, wie es auf der Herrentoilette zuging. Gut gebaute schwule Männer neben Heteros mit hochroten Köpfen, die nicht mehr wussten, wohin sie schauen sollten. Womöglich mit geschlossenen Augen pinkelten? Wahrscheinlich konnten es die meisten doch nicht lassen, ihre Schwänze mit denen der anderen zu vergleichen. Spieglein, Spieglein an der Wand, wer hat den Größten im ganzen Land?

Als ich ins Lokal zurückkehrte, war Orlando verschwunden. Seine Erdbeer-Nougat-Knödel standen unangetastet am Tisch. Beunruhigt sah ich mich nach ihm um. Hatte Bernd ihn rausgeworfen oder war er wieder einmal abgehauen?

Eigentlich hatte ich keine Lust, ihn schon wieder zu suchen. Die Knödel lachten mich verführerisch an. Ich vernaschte sie in aller Ruhe und bestellte mir dann einen doppelten Fernet.

Als ich ging, zwinkerte ich Bernd zu und sagte: „Mach dir keine Sorgen, dieser Idiot kommt bald wieder pünktlich zur Arbeit. Dafür werde ich sorgen."

Bildete ich mir ein, dass er dankbar lächelte? Schade, dass dieser Mann für mich tabu war.

10

Orlando saß am Trottoir vor dem Lokal. Die kalte Nachtluft schien ihm gut getan zu haben. Er wirkte wieder relativ nüchtern.

„Willst du hier übernachten? Ich warne dich, du wirst dir deinen Schwanz verkühlen“, sagte ich.

Er blieb auf dem Gehsteig sitzen und starrte mich böse an.

„Führ dich nicht so auf! Wieso hast du überhaupt meine Wohnung verlassen? Noch dazu ohne deinen Busen? Hast du nicht gemeint, du würdest in Lebensgefahr schweben? Warum treibst du dich dann mitten in der Nacht in derselben Gegend herum, in der du gerade überfallen worden bist?“

„Soll er mich doch kriegen. Ich will ohnehin nicht mehr leben.“

„Hör auf herumzuspinnen! – Hast du schon vergessen, dass du mit mir gemeinsam die Morde aufklären wolltest? Ich habe jedenfalls heute Detektiv gespielt“, versuchte ich Orlando auf andere Gedanken zu bringen. Mein Trick funktionierte.

Fast empört sagte er: „Ich hab’s allein bei dir zuhause nicht ausgehalten. Du hast es ja nicht einmal der Mühe wert gefunden, mich anzurufen. Außerdem wollte ich dir ein bisschen Arbeit abnehmen. Ich war nämlich auch nicht untätig. Habe mich den ganzen Abend lang umgehört und was Interessantes rausgefunden. Es gibt da einen Typ, der mit Ilona, der Toten vom Bacherpark, befreundet war. Leider weiß ich nicht, wie er heißt. Aber das erfahr ich bestimmt noch. Es ist wahrscheinlich eh derselbe, mit dem ich sie am Abend ihrer Ermordung im Motto gesehen habe. Er ist angeblich so ein richtiger Ladies’ Man. Lässt sich von älteren oder zumindest von gutbürgerlichen mittelalterlichen Frauen aushalten und treibt’s gleichzeitig mit jüngeren oder mit Nutten. Ein ziemlich windiger Typ.“

„Und warum sollte der versucht haben, dich umzubringen?“

„Weil ich die Leiche gefunden habe. Wahrscheinlich dachte er, ich wäre Zeuge des Mordes gewesen.“

„Womanizer sind an sich keine typischen Frauenmörder“, warf ich ein.

Mittlerweile waren wir in meiner Wohnung angelangt. Ich überreichte Orlando die Brustprothese und die Netzstrümpfe. Erwartete, meine Mitbringsel würden ihn aufheitern. Aber er meckerte: „Was soll ich damit? Diese Dinger sind mir viel zu groß. Außerdem kann ich wegen meiner Verletzung sowieso keinen BH anziehen."

„Die Netzstrümpfe sind ein Geschenk von Frau Klaric", sagte ich in der Hoffnung, dass er sich wenigstens darüber freuen würde.

„Sisi trug keine Netzstrümpfe", murmelte er, während er mit den falschen X-Large-Brüsten herumspielte. „Ich könnte sie meiner Freundin Marilyn schenken. Die traut sich übrigens wegen diesem Mörder auch nicht mehr auf die Straße."

„Seid ihr Transen alle so paranoid?", fragte ich.

Er ging nicht darauf ein, sondern begann, mich mit Details über den tollen Sex, den er am Abend mit irgendeinem Stricher unten bei den Toiletten am Ende des Naschmarkts gehabt hatte, zu langweilen.

„Der Kleine war fantastisch ..."

„Liebst du nicht den Bernd? War das, was du gerade im Motto aufgeführt hast, nur eine Art Late-Night-Show?", unterbrach ich ihn.

„Das eine hat doch mit dem anderen nichts zu tun. Das hast du gestern selbst behauptet."

Widerwillig musste ich ihm Recht geben.

„Hast du letztens nicht gesagt, dass du im Motto normalerweise nicht als Transe rumrennen würdest?", wechselte ich das Thema.

„Heute habe ich ja nicht gearbeitet. Warum fragst du?"

„Nur so."

„Ich hab einen Riesenhunger. Ich nehme an, meine Erdbeer-Nougat-Knödel haben dir gut geschmeckt?"

„Ausgezeichnet", sagte ich lachend und ging in die Küche.

Als ich ihm ein Camembertbrot brachte, kreischte er entrüstet: „Um Himmels willen! Ich kann doch um diese Zeit keinen fetten Käse mehr essen. Sisi hat nach achtzehn Uhr nichts Festes mehr zu sich genommen ..."

„Dafür hat sie sich den Bauch mit Süßigkeiten vollgeschlagen. Warum, glaubst du wohl, sind ihr so früh die Zähne ausgefallen?"

„Du bist so gemein! Das erfindest du nur, um mich zu ärgern." In seiner Stimme schwangen jedoch Zweifel mit.

„Hör doch endlich mit diesem Sisi-Quatsch auf! Merkst du denn nicht, dass du dich lächerlich machst? Dein Bernd wäre bestimmt eher an dir interessiert, wenn du nicht in diesem doofen Outfit herumrennen würdest. Ich weiß nicht, warum du dich so entstellen musst."

Orlando blickte mich verblüfft an. „Du findest mich nicht hübsch?", fragte er mit weinerlicher Stimme und streichelte selbstverliebt seine Lockenpracht.

„Klar bist du hübsch, aber du gefällst wahrscheinlich nicht nur mir besser, wenn du dich wie ein Mann kleidest."

Auf Orlandos Stirn zeigten sich zwei kleine Fältchen. Schweigend aß er das Käsebrot. Dann begann er plötzlich, mir von seinem berühmten Vorfahren Herzmanovsky-Orlando zu erzählen: „Über ihn bin ich bestimmt auch mit Sisi verwandt. Der europäische Adel ist ja komplett miteinander verschwistert oder verschwägert. Zu viel Inzest, deshalb bin ich ja auch so ein dekadentes Geschöpf", sagte er kokett.

Ich schüttelte unwillig den Kopf.

„Du glaubst mir nicht? Soll ich dir mal meinen Stammbaum zeigen?"

„Weißt du überhaupt, dass dein großer Vorfahre eigentlich Architekt war und in jungen Jahren ein Haus in Margareten gebaut hat?", fragte ich ihn spöttisch.

„Du meinst das fünfstöckige Zinshaus in der Wehrgasse, Ecke Grüngasse? Man sieht es von deiner Terrasse aus recht gut. Das Atelierfenster im Steildach ist echt geil. Er war eben ein Genie."

„So wie alle Orlandos", murmelte ich.

„Mach dich nur lustig über uns."

„Im Ernst, mir gefällt dieses Haus. Ich steh auf Jugendstil. Die verzierten Friesbänder zwischen den Etagen, die schön gegliederten Fenster, die Terrassenbalustrade mit den Obelisken ..."

„Innen ist es genauso toll. Hast du dir die kupfernen Wandleuchten im Foyer und die Marmorpfeiler am Stiegenaufgang mal angesehen?“

„Nein. Drinnen war ich noch nie.“

„Solltest mal reingehen. Übrigens hat Herzmanovsky-Orlando genauso unter Wien gelitten wie ich. Er ist immer nach Italien geflüchtet oder ins Salzkammergut. Diese Stadt ist wirklich lähmend für kreative Köpfe wie uns Orlandos“, sagte er seufzend. „Auch mein Vater, ein Florentiner Adeliger und begnadeter Parfümeur, hielt es in diesem spießbürgerlichen Wien nicht aus.“

Orlando hatte tatsächlich alle Allüren eines Genies: Unberechenbarkeit, Schaffenskrisen, Nervenzusammenbrüche, chaotische Beziehungen, nächtliche Ausschweifungen ...

„Ich soll dich übrigens von Frau Magister Käferböck herzlich grüßen lassen“, unterbrach ich ihn.

„Oh! Wo hast du sie getroffen?“

„Bei Frau Klaric.“

„Gabriele war meine Babysitterin.“

„Ich weiß.“

„Meine Mutter hat oft behauptet, Gabriele Käferböck hätte ein goldenes Wiener Herz.“

„Du meinst, sie hat eine soziale Ader.“

„Genau. Sie ist eine echte Wienerin mit tschechisch-polnischen Vorfahren. Ich hatte viel Spaß mit ihr als Kind. Meine Mutter war ja eher der melancholische Typ, wie du weißt. Sonst hätte sie sich ja auch nicht umgebracht.“

„Du hast mir bisher nie erzählt, dass sie selbst Hand an sich gelegt hat.“

„Hab ich nicht?“, fragte er ganz cool. „Sie hat eine Überdosis Schlaftabletten genommen.“

„So wie Marilyn Monroe?“

„Ja.“

„Wie alt warst du damals?“

„Siebzehn. Aber jetzt hör endlich auf, mich zu löchern.“ Offensichtlich wollte er nicht über den Freitod seiner Mutter sprechen. „Hast du mit Gabriele Käferböck über mich geredet?“, fragte er.

„Natürlich. Sie hat mir erzählt, dass du schon als Kind einen Hang zum Adel hattest“, stieg ich auf seinen halblustigen Ton ein.

„Sie weiß nicht, dass ich mit Herzmanovsky-Orlando verwandt bin. Meine Mutter hat das nicht an die große Glocke gehängt.“

Ich wollte mich um diese Uhrzeit nicht mehr mit ihm streiten. Gab ihm zu verstehen, dass ich ihm kein Wort glaubte, und ging ins Bad.

Ich konnte mich mittlerweile fast wieder schmerzfrei bewegen. Anscheinend war es doch kein richtiger Hexenschuss gewesen.

Als ich zu Bett ging, saß Orlando vor meinem PC und sah sich Schwulenpornos an. Ich bat ihn, den PC auszuschalten und seinen Saustall im Bad zu beseitigen. Seinen Protest überhörte ich geflissentlich.

Bevor er wieder seine Perücke zu bürsten beginnen würde, machte ich das Licht aus. Ich war kaum eingeschlafen, als mich das Klingeln meines Telefons weckte. Ängstlich hob ich ab, befürchtete ich bei nächtlichen Anrufen doch immer, dass meinem Großvater etwas passiert sein könnte.

Es meldete sich niemand. Ich legte auf, ging wieder ins Bett.

Ein paar Minuten später klingelte es erneut. Dieses Mal legte der Anrufer erst nach einigen Sekunden auf. Ich hörte das Klicken.

„Kannst du deinen Lovern nicht beibringen, zu christlicheren Zeiten anzurufen?“, meckerte Orlando, als es kurz danach ein drittes Mal läutete.

„Heb du ab“, sagte ich zu ihm. „Vielleicht ist es irgendein Spinner.“

Orlando traf keine Anstalten aufzustehen.

Ich konnte nach diesen Anrufen nicht einschlafen. Versuchte es mit autogenem Training. Scheiterte erbärmlich. Erst als ich mir mein Treffen mit Dr. Mader in Erinnerung rief und mir die nächste Sitzung und vieles mehr mit ihm ausmalte, entspannte ich mich endlich.

3. Akt

11

Obwohl ich ziemlich übernächtig war, sprang ich um halb sieben Uhr früh aus dem Bett, schlüpfte in meine Jeans und zog einen schwarzen Sweater an.

Ganz sanft berührte ich Orlandos Schulter: „Orlando, schläfst du?"

„Jetzt nicht mehr."

„Ich bin in einer Stunde zurück und bring Frühstück mit. Hau ja nicht wieder ab."

„Ich will aber jetzt Kaffee", murmelte er verschlafen.

Wir tranken den Kaffee im Stehen, draußen auf meiner Terrasse. Was für ein wunderschöner Morgen! Lebhaftes Vogelgezwitscher und ein warmer, sanfter Wind kündigten den Frühling an.

„Jetzt weiß ich, warum du diese Wohnung genommen hast, obwohl sie eigentlich zu klein ist. Vor allem für zwei."

Ich unterließ es, ihn darauf hinzuweisen, dass er nur zu Gast bei mir war – und das hoffentlich nicht mehr allzu lange.

„Du hast diese fünfzig Quadratmeter perfekt genützt", fügte er gönnerhaft hinzu.

„Ich habe die Möbel meiner Vormieterin übernommen. Früher hat hier die berühmte Architektin Margarete Schütte-Lihotzky gewohnt", sagte ich. „Ihre ‚Frankfurter Küche' war die Mutter aller Einbauküchen."

„Wau! Die da drinnen?" Er deutete auf meine kleine Küche.

„Ja. Sie hat diese Einbauküche schon 1927 für eine riesige Siedlung namens ‚Das Neue Frankfurt' entworfen. Von dieser ‚Frankfurter Küche' wurden rund zehntausend gebaut, kannst du dir das vorstellen?"

Er wirkte beeindruckt.

„Schütte-Lihotzky war Kommunistin und überzeugt, dass Design und Architektur vor allem funktional sein müssen. Als Modell für ihr ‚Labor einer Hausfrau' dienten ihr die Speisewagenküchen der Eisenbahn", fuhr ich fort, diesen kleinen Angeber zu belehren. Doch er schien das Interesse an meiner Küche verloren zu haben und betätigte sich nun als Gärtner. Entfernte das Unkraut aus den Pflanzentöpfen und schnitt die Äste meiner Birke und meines kleinen Apfelbaums.

Ich bin eine urbane Frau, trotzdem besitze ich einen gewissen Hang zur Natur. Vielleicht, weil ich als Kind viel Zeit bei meinem Großvater in seinem Häuschen in Mistelbach verbracht hatte? Dr. Mader würde meine Vorliebe für Grünzeug bestimmt so deuten. Ich hatte heute meinen ersten Termin bei ihm.

Da ich bisher nie im Wohnbereich des Schlossquadrats gewesen war, verstand ich erst, als ich vor der Eingangstür stand, warum sich manche Leute zweimal umblickten, bevor sie das Haus betraten. Neben der Tür hingen mehrere Schilder von Psychiatern und Psychotherapeuten.

Ich fand die Vorstellung, mich jede Woche auf eine Couch legen und mir den ganzen Mist von der Seele reden zu können, gar nicht so übel. In der New Yorker Upper Class gehörte der eigene Analytiker praktisch zum Inventar. Woody Allen lag bestimmt schon seit vierzig Jahren auf der Couch und seine Filme wurden immer besser. In der Stadt Sigmund Freuds genierten sich jedoch viele Patienten nach wie vor dafür, in psychoanalytischer Behandlung zu sein.

Das skurrile Stiegenhaus mit der Bassena und dem vergitterten Fenster weckte Erinnerungen an meine Kindheit. In dem Haus in der Arbeitergasse, in dem ich aufgewachsen war, hatte es ähnlich ausgesehen.

Da ich zu früh dran war, ging ich auf die Pawlatschen. Schaute hinunter in die Gastgärten. Die Kolkraben schliefen in den Ästen des Kastanienbaums. Plötzlich tauchte hinter den rotbraunen Dächern eine Schar kreischender Dohlen auf. Sie drehten sich am hellblauen Himmel, hielten einen Moment lang inne, stießen auf den Boden herab und versetzten die warme Frühlingsluft mit ihrem Flügelschlag in sanfte Schwingungen. Dann starteten sie wieder in Richtung Himmel und waren so schnell verschwunden, wie sie aufgetaucht waren.

Auf einmal stand Dr. Mader neben mir. Ich hatte die Tür zur Pawlatschen offen gelassen, ihn aber nicht kommen gehört.

„Es wird endlich Frühling“, sagte er und bat mich in seine Ordination.

Ich bewunderte die Bilder an den Wänden. Es waren auch zwei Stadtansichten von New York darunter.

„Sind diese Bilder von Ihnen?“, fragte ich.

„Nein, von meinem Vater“, antwortete er.

Ich setzte mich auf ein Zweiersofa. Er nahm mir gegenüber in einem Ledersessel Platz. Ich wusste nicht, wie ich beginnen sollte. Schwieg verlegen. Er forderte mich auf, ihm zuerst einmal meine Familiengeschichte zu skizzieren.

„Meine Kindheit war nicht weiter bemerkenswert. Außer, dass ich meine Mutter für noch verrückter hielt als die Mütter meiner Freundinnen. Das Gymnasium in der Rainergasse habe ich so recht und schlecht hinter mich gebracht. Nach der Matura begann ich meinem Vater zuliebe, Geschichte zu studieren. Mein Vater war ein sehr belesener Mann. Er hatte beim Vorwärts-Verlag als Setzer gearbeitet. Kannte die Geschichte der österreichischen Sozialdemokratie von vorn bis hinten. Und er war bis zum bitteren Ende dabei. Hat auch die Übersiedelung vom Vorwärts-Gebäude in der Rechten Wienzeile in die Viehmarktgasse im dritten Bezirk mitgemacht.“

„Wann wurde die Zeitung endgültig eingestellt?“

„Die letzte Ausgabe erschien 1991. Nachdem die Partei den eigenen Verlag und die Parteizeitung aufgegeben hatte, packten meine Alten zusammen und erfüllten sich einen gemeinsamen Traum. Von seiner Abfertigung kauften sie sich ein Wohnmobil und fuhren damit kreuz und quer durch die Vereinigten Staaten. Auf einem Campingplatz außerhalb von Houston wurden sie überfallen und niedergeschossen. Mein Vater war sofort tot. Meine Mutter lebte noch ein paar Tage. Als ich im Memorial Hermann, dem größten Krankenhaus von ganz Texas, eintraf, war auch sie tot.“

„Wann war das?“

„Im September 1993. Ich war damals dreiundzwanzig.“ Ich stockte. Dann fuhr ich fort: „Meine Eltern hinterließen mir das blöde Wohnmobil. Ich verkaufte es und blieb in den Staaten. Übrigens erzielte ich einen irrsinnig guten Preis für das Ding. Diese perversen Amis waren total geil drauf, den Schauplatz eines Doppelmordes ihr Eigen zu nennen. Ein Jahr lang lebte ich bei Verwandten meiner Mutter in einem Kaff in Texas. Meine Mutter hatte fast überall auf der Welt Verwandte. Die Roma sind eine einzige große Familie. Ich hielt es so lange bei meiner Sippe aus, weil ich hoffte, die texanische Polizei würde diese verdammten Killer doch noch kriegen. Ich hoffte vergeblich. Irgendwann wurde mir das Zusammenleben mit meinen Verwandten zu eng. In den Familienverbänden der Roma gibt es für den Einzelnen fast keine Intimsphäre. Nur die Gruppe zählt. 1995 ging ich nach New York. Der Bruder meiner Mutter lebte dort. Sándor Bakos, vielleicht kennen Sie ihn sogar?"

Dr. Mader schüttelte den Kopf.

„Sándor war ein berühmter Geiger. Er lebte in den 60er- und 70er-Jahren in Margareten. Trat oft in einem ungarischen Lokal am Margaretenplatz auf. Man nannte ihn den ‚Teufelsgeiger', in Anlehnung an Paganini. Wenn er spielte, lag ihm sein Publikum zu Füßen. Sonst wurde er aber eher wie ein Aussätziger behandelt. Deshalb emigrierte er auch Anfang der 80er-Jahre in die USA. Ich muss vielleicht noch kurz erklären, dass meine Großeltern eigentlich Lowara waren, ein eigener Stammesverband der Roma. Meine Vorfahren sind erst Ende des 19. Jahrhunderts in den Seewinkel eingewandert. Die meisten meiner männlichen Verwandten waren Pferdehändler oder eben Musiker. Mein Onkel Sándor lebte nur für seine Musik, konnte seine Gedanken und Gefühle nur über Musik ausdrücken. Das Zusammenleben mit ihm in einer Zweizimmerwohnung in Soho war nicht immer einfach. – Kennen Sie New York?"

„Ja, recht gut sogar. Eine tolle Stadt!"

„Er wohnte über einer Bar in der Greene Street, an der Grenze zwischen Soho und Tribeca. Die beiden Zimmer waren klein und die Wände dünn. Wenn er Besuch von einer seiner Frauen oder von seinen Musikerkollegen bekam, flüchtete ich auf die Feuerleiter und beobachtete das Getümmel unten auf der Straße. Ich verbrachte mehr Abende auf dieser Feuerleiter als in meinem Bett. Mein Leben als passive Beobachterin gefiel mir schon damals. Ich bin und bleibe eben ein Balkon-Muppet. Ich fühlte mich wohl in Soho. Hatte bald Arbeit in der Küche eines kleinen vegetarischen Restaurants. Fand dann sogar einen besser bezahlten Job als DJ in einem Single-Club für Lesben. Tagsüber spielte ich Mädchen für alles für eine alte, schwerreiche und exzentrische Lady auf der Upper East Side. Und ich unterrichtete Deutsch und Französisch an einer Privatschule."

„Französisch?"

„Ich bin mehrsprachig aufgewachsen. Schauen Sie nicht so verblüfft, Herr Doktor. Viele Roma sind drei- oder gar mehrsprachig. Ich spreche Englisch, Französisch, Ungarisch und Romanes. Allerdings beherrsche ich Romanes nicht schriftlich. Zumindest nicht perfekt. Aber ich bin ja auch keine wirkliche Romni. Meine Großmutter flüchtete 1938 nach Ungarn. Mein Großvater mütterlicherseits war ein ungarischer Pferdehändler. Dank seiner guten Beziehungen überlebten die beiden die Verfolgungen im faschistischen Ungarn. Leider starb er lange vor meiner Geburt. Nach seinem Tod in den späten 50er-Jahren ging meine Oma zurück zu ihrer Großfamilie, oder besser gesagt zu den wenigen Verwandten, die den Völkermord der Nazis an den Sinti und Roma überlebt hatten. Sie waren mittlerweile nach Wien gezogen und hatten sich hier als Teppich- oder Gebrauchtwarenhändler niedergelassen. Sie wurde eine Puri Daj – was nichts anderes als Großmutter heißt und bedeutete, dass sie die Aufgaben des Ältesten übernahm. Sie leitete den Altenrat, mit dem sie gemeinsam alle wichtigen Beschlüsse fasste. Nach dem Glauben der Roma haben Frauen übernatürliche Kräfte, die sie zu diesem Amt befähigen. Ich habe sie sehr geliebt und oft besucht, als ich klein war. Meine Großmutter war eine ziemlich imposante Erscheinung. So groß wie ich und mindestens hundert Kilo schwer. Sie konnte nicht nur aus der Hand lesen und die Karten aufschlagen, sondern kannte auch Methoden, um unfruchtbaren Frauen zu Kindern zu verhelfen. Sie braute sogar Liebestränke."

„Sie entsprach also allen Klischeevorstellungen von einer Zigeunerin", sagte Dr. Mader.

Ich lachte gezwungen, weil ich mich gerade dafür verflucht hatte, nicht richtig aufgepasst zu haben, als mir meine Großmutter einst die Zusammensetzung dieser Liebestränke verraten hatte. Ich hätte Dr. Mader zu gern so ein Zauberelixier verabreicht.

„Das Wichtigste für die Zigeuner sind ihre Kinder, vor allem die Buben. Meine Großmutter sorgte dafür, dass auch meine Mutter nicht wie alle anderen Roma-Kinder automatisch in eine Sonderschule gesteckt wurde, sondern die Volks- und Hauptschule besuchen konnte", fuhr ich fort. „Nach der Schule fand meine Mutter einen Job als Verkäuferin in einem Modegeschäft in der Schönbrunnerstraße. Meinen Vater lernte sie in einer Mittagspause kennen, die sie beide am Wienfluss verbrachten. Soviel ich weiß, hat sie ihm ihre Jause angeboten, weil er so dünn war ..." Ich hielt inne, schluckte heftig. „Ein paar Monate später hat sie diesen Gadzo, so bezeichnen die Zigeuner einen, der nicht zu ihnen gehört, geheiratet."

Dr. Mader schien zu bemerken, dass es mir schwer fiel, über meine Eltern zu reden. Er sagte: „Zurück nach New York. Wie lange sind Sie dort geblieben?"

„Bis mir das Geld ausging. Mein Onkel unterstützte mich, so gut er konnte. Mein Großvater väterlicherseits schickte mir öfters einen Scheck. Aber New York ist ein teures Pflaster. Sándor war zwar ein begnadeter Geiger und hatte viele gute Engagements, aber er konnte nicht mit Geld umgehen. Irgendwann hatte er die Nase voll von New York und ging zurück nach Europa. Er lebt jetzt in Südfrankreich, in der Nähe von Marseille. Damit war natürlich auch mein Gastspiel in den USA beendet. Ich verlor die Wohnung, hatte weder eine gültige Aufenthaltsgenehmigung noch eine Green Card. Also verließ auch ich schweren Herzens New York."

„Endstation Wien-Margareten?", fragte Dr. Mader.

„Nein. Ich trieb mich in Südfrankreich herum. Nahm wieder Kontakt mit den Roma auf und lebte eine Weile in der Camargue. Ich bin eben eine Nomadin. Die Nomaden verständigen sich übrigens untereinander mit einer eigenartigen Sprache, die dem Geschrei der Dohlen ähnlich ist, behauptete zumindest mein berühmter Namensvetter Franz Kafka."

Ich bemerkte, wie Dr. Mader die Brauen hochzog. Wahrscheinlich hielt er mich für etwas überkandidelt.

„Der Rest ist rasch erzählt", sagte ich. „Nach seinem Schlaganfall im Sommer 2005 überschrieb mir mein Großvater väterlicherseits sein Haus in Mistelbach. Er war übrigens vierzig Jahre lang Polizist. Wenn schon, dann habe ich mein kriminalistisches Gespür von ihm geerbt und nicht von meinen Roma-Vorfahren. Als Kind hatte ich nie genug von seinen Räuber-und-Gendarm-Geschichten bekommen können. Ich kehrte also zurück nach Wien. Verkaufte das alte Häuschen in Niederösterreich und nahm mein Studium wieder auf. Obwohl ich nebenbei immer jobbte, beendete ich mein Geschichtsstudium irgendwann. Ja, und jetzt arbeite ich als Kellnerin im Cuadro und warte auf eine geniale Idee für meine Diss."

Ich bemerkte, dass Dr. Mader verstohlen auf seine Armbanduhr blickte.

„Verdammt, meine Zeit ist längst um", stieß ich hastig hervor und sprang auf. Er brachte mich zur Tür. Ich versprach, mich demnächst wieder bei ihm zu melden.

Über meine Vorfahren zu reden hatte mich mehr aufgewühlt, als mir lieb war. Um mich auf andere Gedanken zu bringen, besuchte ich meinen türkischen Lieblingsladen in der Margaretenstraße fast oben beim Gürtel. Ich plauderte mit Herrn Murdök über das schöne Wetter und die guten Noten seiner kleinen Tochter, die er nächstes Jahr in ein katholisches Privatgymnasium schicken wollte, und kaufte Fladenbrot, Schafkäse und ein paar Eier.

12

An meinen freien Tagen besuchte ich immer meinen Großvater im Seniorenheim Margareten. Heute war ich etwas später dran als sonst. Ich fuhr wieder mit dem Rad. Genoss diesen schönen Frühlingstag. Im Sonnenlicht sah der fünfte Bezirk gleich viel freundlicher aus. Ich fand den Kontrast zwischen den alten Fabriksgebäuden aus dem 19. Jahrhundert, dem einen oder anderen Biedermeierhäuschen und den modernen Wohnbauten durchaus reizvoll. Die Ziegelmauern der aufgelassenen Fabriken schimmerten altrosa in der Frühlingssonne.

In Margareten gab es nicht nur viele begrünte Innenhöfe, sondern vereinzelt auch zweistöckige Häuser mit kleinen Gärten. Die meisten davon lagen noch im Winterschlaf. Vereinzelt wagten sich jedoch die ersten Gräser aus der kalten Erde.

Beim Anblick einer verwahrlosten Gstätten zwischen den Stahlbetonbauten musste ich jedoch wieder an NY denken. Dort war ich zum ersten Mal mit Anhängern des „Guerilla Gardening“ konfrontiert gewesen, die unter dem Motto „Platz für Grün ist überall“ hässliche kleine Baulücken bepflanzt hatten.

Der fünfte Bezirk hatte viele Facetten. Das Schlossquadrat und das ganze Viertel um den Margaretenplatz war bis jetzt noch eine typisch wienerische Insel der Seligen. Gegen Westen begann sich bereits die übliche Großstadtwüste auszubreiten. Das Siebenbrunnenviertel schien fest in türkischer Hand zu sein. „Klein-Türkei“ war längst erwacht. Die türkischen Händler standen heftig diskutierend und gestikulierend vor ihren Läden. Als sie ihre Kebab-Grills anfachten, kehrten ihre Frauen gerade, bepackt mit Einkäufen und Kleinkindern, nach Hause zurück.

Ich überlegte, beim Autohändler Strohmeier in der Embelgasse vorbeizuschauen. Ich hatte letzte Woche einen kleinen gebrauchten Skoda Fabia bei ihm gesehen. War ihn sogar Probe gefahren. Mein Großvater hatte angekündigt, mir zu meinem kommenden Vierziger 4000 Euro schenken zu wollen.

Die vom Wiener Architekten Luigi Blau gestalteten Dächer am Anfang des Siebenbrunnenplatzes glänzten silbern in der warmen Märzsonne. Überrascht registrierte ich, dass der Platz voller Autos war. Offensichtlich alles Neuwagen. „Strohmeiers Autoschau“ stand auf einem großen Transparent.

Ich freute mich schon darauf, eines der neuen Modelle Probe zu fahren, als ich bemerkte, dass sich nicht nur ein ungewöhnlich großes Polizeiaufgebot vor Ort befand, sondern auch ein Teil des Platzes abgesperrt war. Eine Menge

Leute stand in kleinen Grüppchen um die rot-weißen Absperrbänder herum.

Ich schob mein Rad zum Café 7-Brunnen und begrüßte Herrn Strohmeier, den Herrn über all diese Skodas. „Was ist passiert?“, fragte ich.

Bevor er noch antworten konnte, redeten zwei Türken auf mich ein. Ich verstand nur die Hälfte von dem, was sie mir mitzuteilen versuchten, da plötzlich noch zwei weitere Männer aufgeregt zu erzählen begannen. Verzweifelt sah ich Herrn Strohmeier an.

„Eine bekannte Rechtsanwältin ist heute früh beim Joggen ermordet worden“, sagte er mit belegter Stimme. „Sie wurde vor etwa zwei Stunden in einem meiner Ausstellungswagen entdeckt.“

„Eine bildschöne Frau mit langem, lockigem Haar und einer Superfigur. Jeder im Siebenbrunnenviertel wusste, dass sie morgens, bevor sie in ihr Büro ging, unten am Wienfluss joggte“, sagte ein junger Türke.

„Sie ist mit einer Adrenalinspritze umgebracht worden“, warf ein älterer Mann ein.

„Ich dachte zuerst an Selbstmord ...“, sagte der junge.

„Blödsinn“, herrschte ihn der ältere Türke an. „Ich hab sofort gewusst, dass es Mord war.“

„Hätte doch sein können, dass sie sich selbst eine tödliche Injektion verpasst hat.“

„Und die Abschürfungen an ihren Armen und Beinen?“

„Vielleicht ist sie gestürzt?“

„Und dann hat sie es sich in einem von Strohmeiers Wagen gemütlich gemacht und sich eine tödliche Spritze ins Aug verpasst? Du schaust dir zu viele Horrorfilme an, Achmed“, sagte der ältere Türke spöttisch.

„Vielleicht haben sie ja irgendwelche besoffenen Idioten in den Wagen gesetzt ...“

„Haben Sie die Tote gefunden, Herr Strohmeier?“, unterbrach ich das Geplänkel der beiden Türken. Er schüttelte den Kopf.

„Achmed hat sie entdeckt." Er deutete auf den jungen Mann. „Er beliefert einige Geschäfte in unserem Viertel mit Südfrüchten und Gemüse. Achmed sagte dann seinem Onkel Bescheid und Herr Örzan rief mich sofort an. Ihm gehört ein Laden in der Nähe. Die beiden haben nichts angerührt. Sie haben nicht einmal die Autotür geöffnet, als sie bemerkten, dass eine Tote am Steuer saß."

„Dass sie tot war, ließ sich nicht übersehen", murmelte Achmed und ging mit seinem Onkel ins Café.

„Wir standen alle drei unter Schock", fuhr Strohmeier fort. „Ich hatte vorher noch nie ein Mordopfer gesehen. Sie müssen sich vorstellen, dieser Irre hat Vera Navratil nicht nur mit einer Adrenalinspritze buchstäblich hingerichtet, sondern die Nadel einfach in ihrem linken Auge stecken gelassen."

Mir wurde übel. Ich lehnte mich an mein Fahrrad und schloss die Augen.

„Pardon. Vielleicht hätte ich das nicht erwähnen sollen", sagte Herr Strohmeier.

„Nein, es geht schon wieder. Ich begreife nur nicht, wie man jemandem eine Injektionsnadel ins Auge stechen kann. Die Vorstellung allein ist dermaßen grauenhaft ..."

„Die Polizei vermutet, dass der Täter sie versehentlich im Auge erwischt hat, dass er es wahrscheinlich auf ihren Hals abgesehen hatte."

„Auch das ist krank", meinte ich.

„Ich habe Frau Dr. Navratil flüchtig gekannt. Sie hat sich vor allem als Scheidungsanwältin einen Namen gemacht", sagte er. „Soviel ich weiß, wohnte sie am Siebenbrunnenplatz in einem Dachausbau. Laut Meinung der Kriminalpolizei war sie überfallen worden, als sie gerade von zuhause loslaufen wollte. Sie lief täglich die gleiche Strecke. Vom Siebenbrunnenplatz aus die Reinprechtsdorfer Straße hinunter bis zur Pilgrambrücke, den Wienfluss entlang über den großen Parkplatz, auf dem samstags immer der Flohmarkt stattfindet, bis zum Ende des Naschmarkts und dann über die Kettenbrückengasse und Margaretenstraße wieder retour zum Siebenbrunnenplatz."

„Warum ist sich die Polizei so sicher, dass Vera Navratil vor und nicht nach dem Joggen ermordet worden ist?"

„Der Mörder muss zugeschlagen haben, als es dämmrig war. Am Siebenbrunnenplatz herrscht nach Sonnenaufgang meist rege Betriebsamkeit. Die Türken sind genau solche Frühaufsteher wie wir Österreicher. Außerdem war ihre Kleidung nicht verschwitzt."

„Und warum hat sich der Täter die Mühe gemacht, sein Opfer ans Steuer eines Ihrer Ausstellungswagen zu setzen?", fragte ich. „Das macht überhaupt keinen Sinn. Er hätte die Tote ja auch einfach auf dem Platz liegenlassen können."

„Ich bin mittlerweile davon überzeugt, dass das mit mir zusammenhängt. Ich nehme an, er wollte sie in einem Skoda beerdigen, um mir zu schaden ..." Er brach ab.

Irgendwie hatte ich das Gefühl, dass Herr Strohmeier noch mehr zu sagen hatte. „Sie meinen wirklich, dass der Täter Ihnen schaden wollte?", fragte ich ihn. „Als Autohändler hat man sicher den einen oder anderen unzufriedenen Kunden. Aber ich kann mir nicht vorstellen, dass ..."

„Nein. So war das nicht gemeint. Ich habe keine Psychopathen unter meinen Kunden. Natürlich ging es bei dem Mord nicht um mich persönlich. Die Polizei vermutet, dass der Täter spontan gehandelt hat. Das heißt, er sah die Skodas da stehen und dachte sich, jetzt wisch ich dem Strohmeier eins aus. Er hätte die Leiche ja auch in einem Kofferraum verstecken können. Aber nein, er setzte sie demonstrativ ans Steuer. Es war ihm offensichtlich egal, dass sie bald entdeckt wurde."

„Es handelte sich um eine Limousine, oder? Hätte denn die Leiche im Kofferraum Platz gehabt?"

„Ja, die Skodas haben große Kofferräume. Der Octavia zum Beispiel hat ein Kofferraumvolumen von 560 Liter."

„Ich nehme an, dass er die Autotür aufgebrochen hat. Warum ist der Alarm nicht losgegangen?"

„Das ist ja das Verrückte an dieser Geschichte. Dieser Wagen war im Gegensatz zu allen anderen nicht abgesperrt. Weder die Polizei noch ich haben bis jetzt herausgefunden, welcher meiner Mitarbeiter dafür verantwortlich war. Gestern herrschte ein ziemlicher Trubel. Wir hatten viele Interessenten für unsere Neuwagen. Machten unzählige Probefahrten, vor allem mit dem Superb und dem Yeti.“

Als Achmed und Herr Örzan sich mit zwei anderen Türken wieder zu uns gesellten und der grauenhafte Mord in allen möglichen Facetten erneut diskutiert wurde, verabschiedete ich mich. Ich schob mein Rad weiter zum Luegerbrunnen, verspürte das dringende Bedürfnis, mir die Hände zu waschen.

Nach fast zwanzig Jahren holte mich der Tod nun wieder ein. Zwei Todesfälle innerhalb weniger Tage, dazu der Mordversuch an Orlando, und ich war quasi immer live dabei. Was war bloß los in Margareten? Der Fünfte war doch sonst ein eher friedlicher Bezirk.

Ich war traurig und leicht gereizt. Vielleicht sollte man eine Bürgerinitiative für die Umbenennung des Luegerbrunnens gründen. Diesem antisemitischen Bürgermeister von Wien musste man in dieser roten Stadt ja wirklich nicht so viele Plätze widmen, dachte ich. Ein Sigmund-Freud-Brunnen in Margareten wäre viel passender. Schließlich stammte der Begründer der Psychoanalyse genauso wie viele andere Margaretner aus Mähren.

Obwohl es erst halb zwölf war, als ich im Seniorenheim in der Arbeitergasse ankam, hatte mein Großvater bereits zu Mittag gegessen und war schon wieder ins Bett gebracht worden.

Emanuel Kafka hielt nicht viel von Mittagsschläfchen. Er wirkte hellwach, als ich auf Zehenspitzen sein Zimmer betrat. Zwar konnte er nicht mehr sprechen, doch er strahlte übers ganze Gesicht, als er mich erblickte.

Ich kam mir vor wie in einer Sauna. In seinem Zimmer hatte es mindestens 30 Grad. Wahrscheinlich froren alte Menschen leichter. Dennoch schien mir diese Energievergeudung, vor allem an einem so strahlend schönen Tag wie heute, übertrieben.

Ich schilderte ihm in Kurzfassung die Ereignisse der vergangenen Tage. Die Frauenmorde interessierten ihn offensichtlich brennend. Er wurde richtig nervös, als ich davon sprach.

Die Verständigung mit ihm war nach seinem Schlaganfall etwas schwierig geworden. Zum Glück funktionierte sein Verstand nach wie vor. Aber sein Sprachzentrum war gestört. Er musste alles aufschreiben.

Als ich ihm den grausamen Mord an der Rechtsanwältin Vera Navratil schilderte, verlangte er sogleich nach Block und Bleistift, die immer griffbereit auf seinem Nachtkästchen lagen.

Zuerst schrieb er „Schramm" auf den Zettel. Ich kannte Kommerzialrat Schramm, der ein Modegeschäft in der Reinprechtsdorfer Straße hatte. Dann kritzelte er zwei weitere Namen auf den Zettel: „Haasbeisl" und „Herr Karoly".

Es schien ihn nicht zu stören, dass ich kürzer als sonst bei ihm blieb. Er strahlte mich an, als ich sagte, dass ich mich sofort zu Herrn Schramm und danach ins Haasbeisl begeben wolle. Beim Abschied versprach ich ihm, morgen wieder vorbeizuschauen und ihm von den Ergebnissen meiner Nachforschungen zu berichten.

Nachdem ich das Seniorenheim verlassen hatte, fuhr ich sofort zu Schramm-Textilien in der Reinprechtsdorfer Straße.

Helmut Schramm war seit einundzwanzig Jahren Bezirksrat und zwölf Jahre lang Chef der konservativen Margaretener ÖVP gewesen. Er wusste wahrscheinlich fast ebenso gut wie der rote Bezirksvorsteher Wimmer, was in seinem Bezirk vorging. Die beiden kannten ihre Margaretner.

Natürlich hatte er bereits von dem Mord an Vera Navratil gehört. Er vermutete, dass es sich um ein klassisches Beziehungsdrama handelte. „Ich glaube jedenfalls nicht, dass ein Wahnsinniger in Margareten sein Unwesen treibt."

„Sie denken also, dass die drei Morde und der Mordversuch an meinem Freund Orlando nicht alle vom gleichen Täter begangen wurden?"

„Ja. Wien ist nicht New York. Wenn es solche Serienmorde in Wien gegeben hätte, würde ich davon gehört haben."

„Alle Mordopfer waren schöne junge Frauen und alle waren ausländischer Herkunft. Selbst Orlando hat einen italienischen Vater. Das kann doch kein Zufall sein", warf ich ein.

„Die Ausländerfeindlichkeit nimmt auch in Margareten ständig zu, da haben Sie Recht", fuhr er fort. „Aber überlassen Sie die Aufklärung dieser Mordfälle lieber der Polizei. Ich bin überzeugt, dass sie auch in diese Richtung ermitteln wird."

Obwohl ich nicht seiner Meinung war, ließ ich es dabei bewenden.

Der Frühlingsbeginn in Wien war auch an mir nicht spurlos vorübergegangen. Angesichts der neuen Frühjahrsmode bildete ich mir plötzlich ein, nicht mehr länger in meinen uralten zerrissenen Jeans und den ausgewaschenen T-Shirts herumlaufen zu können. Da ich etwas unsicher war, was meinen Geschmack betraf, ließ ich mich von Herrn Schramm beraten.

Er zeigte mir einen farbenfrohen langen Rock mit Rüschen. Ich schenkte diesem luftigen Ding einen skeptischen Blick.

„Dieser Gypsy-Look war in den 70ern total in und ist jetzt wieder im Kommen", sagte er.

Das hätte er besser nicht gesagt. Ich weigerte mich, dieses knallfarbige Objekt anzuprobieren. Bat ihn, mir einen stinknormalen Jeansrock zu bringen.

Ein slowakischer Tourist unterbrach unser Gespräch. Er kam allerdings nur ins Geschäft, um nach dem Weg zum Südbahnhof zu fragen. „Sie sehen, ich bin inzwischen auch für Verkehrsauskünfte und Wegbeschreibungen zuständig", sagte Helmut Schramm, nachdem der Mann wieder gegangen war. Während ich zwischen der Umkleidekabine und dem Spiegel hin und her lief, erzählte er mir, dass die Geschäftsleute in der Reinprechtsdorfer Straße zu kämpfen hätten. „Das Qualitätsniveau der alteingesessenen Geschäfte leidet unter den vielen Billigläden, die sich hier niedergelassen haben. Aber ich bin ein unverbesserlicher Optimist", sagte er, „... hoffe, die ‚Mitte' wird bald wieder sexy ..."

Bezog sich das „sexy" auf die politische Mitte oder auf den superkurzen Stretchrock, den er mir gerade in die Umkleidekabine reichte? Ich probierte den irisfarbenen Minirock über die Hose und fand mich perfekt angezogen. Zuletzt erstand ich noch ein weißes, tief ausgeschnittenes T-Shirt.

Warum musste ich bloß heute andauernd an New York denken? Selbst die Reinprechtsdorfer Straße erinnerte mich, nach dem Gespräch mit Helmut Schramm, an die Straßen New Yorks, die oft eine Grenze zwischen dem einen und dem anderen Viertel bilden. Rechts, auf der Ostseite der Reinprechtsdorfer Straße sozusagen, gab es fast nur mehr türkische Geschäfte und Billigläden. Es wurde ja auch schön langsam Zeit, dass die Einwanderer aus Anatolien in Wien Fuß fassten. Die Chinesen holten allerdings immens auf. Bald wird aus dem ehemaligen Türkenviertel ein kleines Chinatown werden, dachte ich.

13

Zu Mittag war im Haasbeisl immer viel los. Alle Tische in diesem typischen Wiener Wirtshaus waren besetzt.

Der Juniorwirt, Georg Haas, verschaffte mir einen Platz am Stammtisch. Ich kam zufällig neben Herrn Karoly zu sitzen, den mir mein Großvater gerade als gute Informationsquelle ans Herz gelegt hatte – so ein Glück muss man erst mal haben!

Mein Großvater war im Haasbeisl Stammgast gewesen. Als Kind hatte ich oft mit ihm hier zu Mittag gegessen. Mir kam sogleich alles wieder sehr vertraut vor. Ich erinnerte mich daran, wie mein Opa an diesem Tisch nachmittags stundenlang Karten gespielt und ein Achterl Rot nach dem anderen gezwitschert hatte. Rein durchs Zuschauen hatte ich hier Schnapsen und Tarockieren gelernt. Ich war bis heute fast unschlagbar in beiden Spielen.

Die Herren Horvath, Pospischil und vor allem der alte Charmeur Marek begrüßten mich fast überschwänglich. Sie schienen sich über meine Gesellschaft wirklich zu freuen. Auch sie wussten längst über den Mord am Siebenbrunnenplatz Bescheid. Jeder von ihnen hatte seine eigene Theorie.

Wiener Volksseele in Reinkultur? Nein, die Einschätzungen und Kommentare der Freunde meines Großvaters waren durchaus differenziert und interessant für mich. Herr Karoly erwähnte zum Beispiel, dass er gestern ein Gespräch am Nebentisch unfreiwillig mitgehört hätte.

„Er kann's nicht lassen. Diese ehemaligen Geheimdienstler müssen eben immer spionieren", scherzte Marek.

Georg Haas erzählte mir, dass hin und wieder Polizisten vom Wachzimmer in der Schönbrunner Straße bei ihm zum Mittagsmenü erschienen. „Als sich das Kommissariat noch in der Wehrgasse befand, kamen die Beamten fast täglich zu mir essen. Bis heute besuchen mich manche von ihnen, obwohl sie längst in Pension sind."

Herr Karoly verriet mir, dass die Polizei beim ersten Mord ursprünglich einen Freigänger vom Mittersteig verdächtigt hätte. „Dieser Psychopath hat seinen Mordopfern immer die Eingeweide entfernt, was ja bei den jetzigen Frauenleichen nicht der Fall gewesen ist, deshalb haben sie diesen Verdacht wieder aufgegeben. Die Ermittlungen konzentrieren sich nun auf einen Transvestiten, der vor ein paar Tagen spurlos verschwunden ist. Er hat die Leiche im Bacherpark gefunden und die Polizei gerufen." Mir wurde erst nach ein paar Minuten bewusst, dass von Orlando die Rede war.

Als die alten Männer über den Tod zu philosophieren begannen, ging ich kurz raus auf die Margaretenstraße und rief meinen neuen Mitbewohner an. Sagte ihm, dass ihn die Kriminalpolizei suche und er die Wohnung ja nicht verlassen solle.

Als ich an den Stammtisch zurückkehrte, waren die Männer in ihrem Element.

„Der Tod einer schönen Frau ist wahrlich das poetischste Thema der Welt, behauptete zumindest der Dichter des Schreckens", dozierte Marek.

„Er meint Edgar Allan Poe", sagte Horvath.

„Es gibt Menschen, die allein um des Bösen willen böse sind. Ihr könnt ruhig skeptisch schauen. Ich glaube an das Böse ...", sagte Karoly.

„Geh, hör schon auf, du erschreckst unsere kleine Katharina. Er hat eine Obsession für Tod und Verbrechen. Hör ihm einfach nicht zu ...", sagte Marek zu mir.

„Genug debattiert, jetzt wird gegessen. Ich würde dir die gerösteten Nierndln empfehlen", sagte Georg Haas.

Da ich auf die Kochkünste von Frau Gitti, der Küchenchefin des Haasbeisl, voll vertraute, nahm ich seinen Vorschlag an. Als mein Essen kam, sagte Georg Haas: „Gell, du und die Angela Bischof seid dabei gewesen, als es am Montag in der Früh am Margaretenplatz gebrannt hat?"

Ich nickte und fragte erst gar nicht, woher er das wusste. Nirgends wurde so viel getratscht wie in den Wiener Beisln.

„Mein Vater hat euch gesehen, als er in aller Herrgottsfrüh die Mistkübel rausgestellt hat", beantwortete er meine unausgesprochene Frage.

„Vielleicht war's gar derselbe, der damals Mitte der 90er-Jahre die alte Fabrik im Hundsturmviertel abgefackelt hat?", fragte Pospischil. „Ich erinnere mich noch gut an diese Geschichte. Der Brandstifter war der Sohn eines Wiener Feuerwehrmanns – typisch, oder?"

„Dieses Haus am Margaretenplatz gehörte früher der tschechoslowakischen Sozialdemokratischen Partei. Anfang der 70er-Jahre verkauften es die Tschechen, behielten aber den historischen Sitzungssaal, der jetzt auch durch den Brand in Mitleidenschaft gezogen worden ist", mischte sich Karoly ein.

„Was willst du damit andeuten? Glaubst du leicht gar, dass diese Gasexplosion ein politisches Attentat war? Ihr Geheimdienstler habt echt einen Verfolgungswahn! Wer interessiert sich denn in Zeiten wie diesen noch für tschechische Sozialdemokraten? Völlig absurd", ereiferte sich der Pospischil.

Die anderen Männer an meinem Tisch wollten nun von mir mehr über diese Gasexplosion wissen. Bald schon unterbrachen sie mich aber und kamen auf die Bischofs zu sprechen.

„Die Angela ist eine arme Haut. Sie trainiert fast täglich in dem neuen Fitnessstudio. Aber jünger wird sie deshalb auch nimmer", sagte Marek.

„Sie hat halt Probleme mit dem Älterwerden. Hat unsereins ja auch. Außerdem hat der Doktor sie wegen einer 28 Jahre Jüngeren verlassen", warf Horvath ein.

„Wegen dieser schönen Russin?", fragte Marek grinsend.

„Genau. Angeblich hat er diese tolle Frau in einem der Lokale vom Gergely kennengelernt."

„Das stimmt nicht. Was du schon wieder daherredest. Die andere, die vom Würstelstand am Margaretengürtel, hat die zwei miteinander bekannt gemacht. Die beiden Mädels haben sich die Männer einfach weitergereicht. Vorher hat diese Ilona ein Gspusi mit ihm gehabt." Herr Pospischil wusste über die diversen Affären in diesem Grätzl anscheinend bestens Bescheid.

„Mit dem Doktor Gergely?", fragte Horvath irritiert.

„Nein. Mit dem Doktor Bischof."

„Ist ja auch egal. Die Tamara ist jede Sünde wert. Freu mich schon drauf, wenn's wärmer wird und sie wieder in ihren Superminis und High Heels über den Margaretenplatz stolziert", sagte Marek.

„Ja, sie hat wirklich tolle Beine", meinte Pospischil. „Und wenn sie im Gastgarten vom Silberwirt oder im Hof vom Cuadro ihre Beine übereinanderschlägt, sieht man immer ein winziges Stück schwarzer oder knallroter Seide zwischen ihren Beinen aufblitzen."

Mir entkam ein Grinsen. Obwohl ich diese älteren Herren mochte, fand ich ihre Schwärmerei für dieses Supergirl ziemlich lächerlich. Sie können's nie lassen, egal wie alt sie sind, dachte ich. Für Tamara waren sie bestimmt zu alt und vor allem zu wenig vermögend. Mich wunderte, dass ich diese Russin nicht kannte, obwohl sie anscheinend in den Lokalen des Schlossquadrats verkehrte. Wahrscheinlich war sie gar keine solch außergewöhnliche Schönheit. Schön genug für alte Männer, aber eben nicht in den Augen anderer Frauen, dachte ich. Normalerweise rivalisierte ich nicht mit solchen Vorzeigefrauen. Trotzdem ärgerte ich mich ein bisschen über die Schwärmerei der Freunde meines Großvaters. Anscheinend hatten sie völlig darauf vergessen, dass auch ich eine Frau war.

Ich erfuhr, dass Tamara früher als Strumpfmodel gearbeitet und Empfangsdame in einer Werbeagentur gespielt hatte. Hauptberuflich schien sie immer die Freundin von irgendeinem wohlhabenden Mann gewesen zu sein.

„Tamara gehört zu jener Kategorie von Frauen, die zu jeder Tages- und Nachtzeit aussehen, als wären sie gerade aus einem

Schönheitssalon gekommen“, sagte eine ältere, mollige und unvorteilhaft gekleidete Frau, die am Nebentisch saß und offensichtlich der Unterhaltung am Stammtisch aufmerksam gefolgt war.

„Wieso weißt du, wie sie in der Nacht aussieht?“, fragte Horvath interessiert.

Allgemeines Gelächter.

„Die Bischof ist eine fürchterlich pedante Person“, meinte Pospischil.

„Eine Perfektionistin, meinst du wohl? Ja, das ist sie wirklich“, bestätigte Karoly.

„Nicht perfekt genug. Sie hat den Fehler gemacht, das Haustürschloss auszuwechseln“, sagte Pospischil.

„Ja, sie hat ihren Alten ausgesperrt. Das kam vor dem Scheidungsrichter nicht gut an. Außerdem hat sie seine Sachen in Schachteln gepackt und einfach auf die Straße gestellt. Erinnert ihr euch an diesen Skandal?“, fragte Marek.

„Soviel ich weiß, nahm er sich eine berühmte Scheidungsanwältin. Eine richtige Emanze. Das war ein kluger Schachzug von ihm“, sagte Herr Horvath.

„Und sie war zu geizig, um sich einen guten Anwalt zu leisten, deshalb stieg sie auch bei der Scheidung so schlecht aus. Sie hat das gemeinsame Haus in der Gartengasse, das sie von ihren Eltern geerbt hatte, verlassen müssen. Er lebt nach wie vor dort und hat auch seine Ordination am Margaretenplatz behalten, während sie in eine Mietwohnung ziehen musste“, erzählte uns Pospischil.

„Zum Glück war er bei der Gasexplosion nicht in seiner Ordination. Angeblich hat er das Wochenende mit seiner Freundin in einer Wellness-Therme verbracht ...“, warf ich ein.

„Das stimmt. Ich war zufällig zur selben Zeit wie er beim Reisebüro Trident Travel. Meine Frau hat darauf bestanden, dass ich jetzt schon unseren Sommerurlaub auf Mallorca buche. Und dort hab ich unfreiwillig mitbekommen, wie sich der Doktor Bischof mit dem Trident-Chef Hugo Radschiener beraten hat, welche österreichische Therme momentan die beste für sein Rückenleiden sei“, sagte Horvath.

Ich hatte genug Tratsch gehört und verabschiedete mich von den Freunden meines Opas. Kaum stand ich auf der Straße, rief ich bei mir zuhause an. Orlando hob nicht ab. Ich versuchte es auf seinem Handy. Bekam nur die Mailbox zu sprechen. Er hatte also nicht auf mich gehört und meine Wohnung verlassen, obwohl die Polizei hinter ihm her war. Und vielleicht auch der Mörder von Margareten.

Ich war frustriert. Und wenn ich frustriert war, verfiel ich immer in einen Kaufrausch. Mit Geld hatte ich von klein auf nie umgehen können. Ich gab immer gleich alles aus, was ich verdiente.

Schon seit Langem träumte ich von einem dieser Kniestühle, die Peter Opsvik kreiert hatte und die es bei Vega Nova in den verschiedensten Designs gab. Nicht nur dem alten Doktor Bischof, auch mir machte mein Rücken manchmal zu schaffen.

Herr Pogats zeigte mir alle Stühle, die er lagernd hatte. Da ich mir unsicher war, ob ich den knallrot oder den schwarz gepolsterten nehmen sollte, beschloss ich, mit Orlando als Berater wiederzukommen.

Dann probierte ich einige vernünftige Schuhe. Mir tat nicht nur mein Rücken weh, auch meine Füße schmerzten nach acht Stunden Arbeit immer. Die Entscheidung zwischen einem sehr bequem aussehenden Paar der Marke „El Naturalista“ und ebenso bequemen, flachen Schuhen der Marke „Trippen“ fiel mir schwer. Ich fragte Gerhard Pogats, welche er mir empfehlen würde.

Er erzählte mir, dass „Trippen“ Gangster oder Grenzgänger bedeuten würde, und fast war ich geneigt, mich auf Grund des zweideutigen Namens für diese Schuhe zu entscheiden.

„Übrigens hat wegen dieser Trippen schon mal die Polizei bei mir vorbeigeschaut. Der RAF-nahe Terrorist, der vor einigen Jahren in Wien erschossen worden ist, hat genau diese Schuhe getragen“, sagte er.

Da wir nun schon mal beim Thema Kriminalität waren, fragte ich ihn nach den roten Schnürschuhen, die der Vergewaltiger im Möbelhaus Grünbeck angehabt hatte.

„Das waren wahrscheinlich auch Trippen.“

„Gibt es die in Übergrößen?“

Er nickte, konnte sich aber nicht mehr an Männer mit Schuhgröße 47 oder 48, die solche Schuhe bei ihm gekauft hatten, erinnern.

Zuletzt erstand ich lustige Hausschlapfen als Geschenk für Orlando. Knallrote Filzpantoffel mit der pinkfarbenen Aufschrift „Pretty Woman“.

Nach dieser Einkaufsorgie ging ich in das Lokal, das Stefan Gergely als erstes eröffnet und daher „Gergely's“ genannt hatte, auf einen Aperitif und berichtete meinem Kollegen Romanski von dem Mord an der Rechtsanwältin. Er hieß eigentlich Roman Stikar, war aber vom Chef höchstpersönlich Romanski Polanski getauft worden. Roman besaß ein gutes Beobachtungsvermögen. Außerdem hatte er eine richtige Spürnase. Sein Geruchssinn war phänomenal, deshalb war er wahrscheinlich auch so ein guter Sommelier.

Da das Gergely's gerade erst aufgesperrt hatte, war noch nicht viel los. Die anderen Kellner gesellten sich zu uns. Inzwischen hatte es sich auch herumgesprochen, dass auf der Toilette des Cuadro ein Mordversuch an Orlando stattgefunden hatte. Die meisten meiner Kollegen kannten meinen schwulen Freund. Sie erzählten mir, dass sich in letzter Zeit oft ein komischer Typ beim Werkstättenzentrum der VHS Stöbergasse im Schlossquadrat herumtrieb.

„Er ist irgendwie unheimlich“, sagte Romanski. „Dauernd starrt er auf den Boden und grüßt niemanden, obwohl er fast täglich hier herumgeistert. Manchmal hebt er Zigarettenstummel vom Boden auf. Ich weiß nicht, ob er sie weiterraucht oder nur ordentlich entsorgt. Jedenfalls benimmt er sich höchst sonderbar.“

„Der ist wirklich seltsam und sieht auch irgendwie eigenartig aus, ein richtiges Baby-Face und eiskalte hellblaue Augen. Könnte das nicht dein Killer sein?“, fragte Jürgen Geyer. Er saß mit Gabriele Käferböck, die ich gestern bei Midinette kennengelernt hatte, am Tisch bei der Tür zum Garten und hatte unsere Unterhaltung mitgehört.

„Mein Killer?“, fragte ich.

„Na, wer spielt denn hier Detektiv?", fragte Romanski grinsend.

„Dieses Baby-Face wohnt sicher irgendwo in der Nähe vom Schlossquadrat. Stefan Gergely kennt ihn allerdings nicht, und er kennt sonst alle in diesem Grätzl. Dieser Typ muss also erst vor Kurzem hierher gezogen sein. Er läuft immer in auffälligen Klamotten vom Flohmarkt und in roten Schuhen herum und hat anscheinend eine Vorliebe für ältere Damen. Ich hab beobachtet, dass er dauernd Frauen in deinem Alter auf der Straße anquatscht."

„Dankeschön, lieber Jürgen", sagte ich und schenkte ihm einen bösen Blick.

„Da sind Sie jetzt aber ordentlich ins Fettnäpfchen getreten", sagte Frau Käferböck lachend zu Jürgen.

„Im Ernst, der Kerl ist höchstens 25, macht sich aber immer an Frauen ran, die mindestens zwanzig Jahre älter sind als er", beteuerte er. „Susanne Schaefer-Wiery, die frühere Chefin der Volkshochschule, könnte dir so manche Geschichte von diesem Kerl erzählen. Die Kursteilnehmerinnen beklagten sich bei ihr immer wieder über ihn."

„Die kleine Julia bei Grünbecks war keine ‚ältere' Frau wie ich, und die Mordopfer waren ebenfalls alle unter vierzig", warf ich ein. „Ihr liegt völlig daneben. Der Typ, nach dem ich suche, hat es auf junge hübsche Frauen abgesehen."

„Ich glaub, ich kenne diesen Kerl. Er hat auch mich schon mal belästigt. Aber ich halte ihn eher für einen harmlosen Spinner", gab mir Frau Käferböck Recht.

Die Jungs wagten nun nicht mehr zu widersprechen. Ich hatte keine Lust mehr, weiter über diesen armen Irren zu reden. Aber in Margareten gab es anscheinend kaum mehr ein anderes Thema als diese Morde.

Ich erkundigte mich, ob die neuen Kräuter schon angekommen wären. Vor allem in der Küche vom Silberwirt wurden hauptsächlich regionale landwirtschaftliche Produkte verwendet, Gemüse von Bauern aus der Umgebung von Wien. Die vier Kräutergärten im Hof und im Durchgang wurden gerade mit Grünzeug bepflanzt, das die niedrigen Temperaturen im

Frühling aushielt. Als ich fragte, ob ich mir ein paar Ableger für meine Terrasse mitnehmen dürfe, schaute mich Romanski verwundert an und meinte, ich solle sicherheitshalber den Küchenchef Rudi Kirschenhofer fragen. Er würde gleich ins Gergely's kommen.

14

Während ich auf Rudi wartete, sah ich mich im Gergely's um. Es war ein sehr extravagantes Lokal. Ich kannte kein anderes Restaurant in Wien, das diesem glich. Und ich fragte mich, nicht zum ersten Mal, ob ich nicht lieber hier arbeiten wollte. Obwohl ich gern im Cuadro war, dachte ich schon nach drei Monaten wieder an einen Jobwechsel. Ich war eben ein unsteter Mensch.

In meinen Augen war das Gergely's das schönste Lokal im Schlossquadrat. Das markante Gewölbe des Schlossgebäudes aus dem 14. Jahrhundert kam in dem neuen Design wundervoll zur Geltung. Die Gäste saßen in ferrariroten Lederfauteuils. Rötlich-braune Holzdielen und farbige Stoffdraperien vermittelten fast Wohnzimmeratmosphäre.

Als Rudi Kirschenhofer auftauchte, setzten wir uns an den erhöhten Stammtisch, der aus Resten eines alten Kirschholz-Mobiliars gezimmert worden war.

Natürlich war er einverstanden, dass ich mir ein paar Ableger von dem Grünzeug mit nach Hause nahm. Ich hatte auch nichts anderes von ihm erwartet. Als ich ihn dann fragte, ob ich nicht demnächst mal einige Zeit im Gergely's arbeiten könnte, sagte er: „Da musst du den Jürgen Geyer fragen, er ist dein Chef."

„Ich finde es einfach wunderschön hier, diese farbigen Kristallluster und der Lichtervorhang ..."

Rudi begann zu lachen. Ich sah ihn irritiert an.

„Genau deswegen gab es damals, als der Gergely umgebaut hat, heftige Diskussionen. Manche Gäste goutierten das neue Ambiente überhaupt nicht. Das alte Chorgestühl und die urigen Tische waren ihnen lieber."

„Du warst von Anfang an dabei?“

„Ja, ich hab mit ihm vor zwanzig Jahren in der damaligen Schlossgasse 21 angefangen.“

Kollegen hatten mir erzählt, dass Rudis Eltern ein Wirtshaus in Hadersdorf/Weidling gehabt hätten. Er hatte Koch gelernt, und zwar bei dem berühmten Haubenkoch Werner Matt, und danach ein paar Jahre im Ausland gearbeitet.

„Dann hast du also diese indonesischen Saté-Spießchen kreiert? Von denen hab ich schon gehört, die waren ein echter Hit, stimmt's?“

„Ich hab halt einfach versucht, den Wienern die internationale Küche schmackhaft zu machen. Stefan Gergely und ich haben Anfang der 90er-Jahre das ‚Ethno-Food‘ im Wiener Beisl eingeführt. Damals sind wir sogar extra nach Amsterdam geflogen, um all diese Gewürze, die es in Wien noch nicht gab, zu besorgen.“

„Und um euch abends die Schönen der Nacht anzusehen“, sagte ich grinsend.

„Selbstverständlich. Aber heimgebracht haben wir nur Koffer voller asiatischer Gewürze.“

„Und die Steaks auf der Speisekarte waren auch deine Idee?“

„Unsere. In Wien waren damals Steaks noch nicht so populär wie heute. Vor allem haben wir das Fleisch von einheimischen Rindern, also von Waldviertler und steirischen Jungtieren, zu Steaks verarbeitet.“

„Du machst mir einen richtigen Gusto. Ich glaub, ich möchte jetzt ein Beef Tartar. Und den Jürgen werde ich demnächst mal fragen, ob ich nicht wechseln kann“, sagte ich. „Oder soll ich mich an Gergely wenden?“

„Personalentscheidungen treffen wir immer alle gemeinsam“, meinte Rudi. Dann erzählte er mir, dass der „Bezirkskaiser“ Gergely neuerdings früh morgens Traktorfahren im Hof üben würde und letztens mit dem grünen Ungetüm beinahe die Küche vom Silberwirt niedergewalzt habe.

Mein Gelächter brach abrupt ab, als ein großer schlanker Mann mit gelocktem Haar das Gergely's betrat.

„Ist er das?“, flüsterte ich.

„Wer?"

„Na der Gergely himself."

„Nein, das ist der echte Bezirksvorsteher."

„Er sieht ihm aber ähnlich, oder? Ich kenne ja beide nur von Zeitungsfotos."

„Vielleicht dieselbe Größe. Aber der Gergely ist anders gebaut und trägt eine Brille. Außerdem hat er einen moderneren Haarschnitt. Geht immer in den Frisiersalon Pranz."

„Vielleicht sollte der Bezirksvorsteher auch mal zum Werner Pranz gehen, und du gleich mit ihm", sagte ich grinsend.

Es war kurz vor 18 Uhr. Rudi hatte zu tun. Ich bestellte mir ein Beef Tartar und rief dann Frau Magister Schaefer-Wiery an. Als sie noch Chefin des Polycolleges gewesen war, hatte ich dort nicht nur einen Barkeeper-Kurs besucht, sondern auch mal an einem Töpfer-Kurs teilgenommen. Obwohl ich mich nicht für begabt hielt, hatte es mir großen Spaß gemacht, mit der feuchten Erde herumzumatschen. Was wohl Dr. Mader dazu sagen würde?

Ich bekam Susanne Schaefer-Wiery gleich an den Apparat und erklärte ihr, dass es um den Mann ging, der einst ihre Kursteilnehmerinnen belästigt hatte.

„Nachdem er bei einem Mokassin-Kurs einige Frauen begrapscht hatte, habe ich ihm Hausverbot erteilt. Ich habe ihn damals nur verwarnt und nicht die Polizei gerufen ...", sagte sie.

„Mokassin-Kurs?", unterbrach ich sie.

„Ja, das ist einer der beliebtesten Kurse. Die Teilnehmer lernen dort, Mokassins nach Art der Apachen herzustellen. Als er dann versucht hat, in den Möbelrestaurationskurs reinzukommen, habe ich ihm die Teilnahme natürlich verwehrt. Aber ich kenne ihn nicht näher."

Als mein Beef Tartar kam, bedankte ich mich bei ihr und legte auf.

Plötzlich umarmte mich jemand von hinten. Ich ließ das Messer fallen und drehte mich um. Tonys jungenhaftes Grinsen brachte mich erst recht aus der Fassung. Der mit Senf garnierte Bissen Beef landete auf meinem Busen. Fürsorglich machte er sich mit einer Serviette daran zu schaffen. Obwohl ich eigentlich protestieren wollte, als er etwas zu sorgfältig mein Dekolletee reinigte, musste ich lachen.

„Die sanfte Beleuchtung hier lässt honigfarbene Flecken in deiner grünen Iris aufleuchten", sagte er. Und er sagte noch mehr solch nette Sachen ...

„Die Schlossgasse 21 war einst berüchtigt für rauschende Feste – das war vor deiner Zeit", wechselte er das Thema, als sich Romanski unserem Tisch näherte.

„Ich weiß, der echte Roman Polanski war auch mal da. Sogar der Friedensnobelpreisträger Óscar Arias Sánchez und eine meiner Lieblingssängerinnen, Joan Armatrading, waren hier mal bei einer Friedenskonferenz zu Gast. Damals war ich noch nicht in Wien, aber mein Großvater hat mir davon erzählt."

Kaum war Romanski wieder außer Hörweite, begann Tony erneut, mir schönzutun. Obwohl ich ihn am Schmäh hielt, musste ich mir eingestehen, dass ich nicht ganz unempfänglich für seine Komplimente war.

Tony wollte alles über mich und meine Vergangenheit wissen. Ich sprach zwar nicht gern über meine Familie, aber er ließ nicht locker. Schließlich erzählte ich ihm von meinem Leben in den USA, von meinem Onkel, dem Teufelsgeiger, der mich nach dem Tod meiner Eltern bei sich aufgenommen hatte. Tony wusste ja bereits, dass meine Vorfahren mütterlicherseits Roma waren.

„Obwohl ich angeblich meiner Mutter ähnlich sehe, abgesehen von meiner Haarfarbe, bin ich eher nach meinen tschechisch-österreichischen Vorfahren geraten ..."

„Ich steh auf exotische Frauen", warf er ein.

„Dann wäre meine Mama oder gar meine Oma bestimmt die Richtige für dich gewesen."

Er ließ seine Hand über die Innenseiten meiner Schenkel gleiten. Ich schob sie weg.

„Nun zu dir. Wer bist du?", fragte ich.

Tony erwähnte nur, dass seine Mutter Spanierin gewesen wäre und sein Vater ein spießbürgerlicher, unsympathischer Wiener Feuerwehrmann. Er hatte seinen Vater gehasst und schien froh zu sein, dass er tot war. Ich tippte auf Muttersöhnchen. Und mit denen hatte ich eigentlich nichts am Hut.

„Die Schlossgasse 21 entsprach wahrscheinlich von all den Lokalen des Schlossquadrats am meisten den Vorstellungen dieses Szene-Kings. Damals war er halt noch jünger und lustiger“, sagte Tony.

„Wer?“

„Na der Gergely.“

„Ach so.“

„Heute ist dieses ruhige, nostalgische Gewölbe eher ein Treffpunkt für Genießer und Romantiker, die sich einen schönen Abend zu zweit machen wollen.“ Er sah mir tief in die Augen.

„Ich weiß nur, dass es hier fantastische Filets vom argentinischen Angusrind gibt, und dass der Gergely jedes Jahr Köche aus exotischen Ländern als Gastköche engagiert“, sagte ich.

Tony versuchte jetzt den Gourmet herauszukehren. Er bemerkte nicht, dass er mich mit seinem Geschwätz langweilte. Als er auch noch anfing, über seinen Job zu reden, begann ich unruhig auf dem bequemen Ledersessel hin und her zu rutschen. Die Geschäfte von Immobilienmaklern interessierten mich nun wirklich nicht.

Ich drängte darauf aufzubrechen. Seine fast flehentliche Bitte, irgendwo einen Kaffee mit ihm zu trinken, würgte ich ab: „Ich muss nach Hause, ich bekomme heute noch Besuch.“

Als wir uns vor dem Lokal voneinander verabschiedeten, küsste er mich wieder auf den Mund. Dieses Mal war es ein richtiger Kuss.

Ziemlich atemlos machte ich mich von ihm los. Tony küsste besser als alle meine bisherigen Liebhaber. Bei den vielen Lovern, die ich in meinem Leben gehabt hatte, konnte ich mich aber vielleicht auch nicht mehr an alle Küsse erinnern. Es fiel mir nicht leicht, ihn nach Hause zu schicken. Doch ich hatte heute noch einiges zu erledigen. Von wegen Leidenschaft, Frau Kafka, der Alltag geht vor, dachte ich.

Nachdem ich es geschafft hatte, ihn loszuwerden, ging ich einkaufen. Zum Glück hatte ein Supermarkt bis halb acht offen.

Seit Orlando bei mir wohnte, war mein Kühlschrank ständig leer. Obwohl er andauernd betonte, nichts essen zu wollen, hatte er alle meine Vorräte aufgefressen. Fast hatte ich den Verdacht, dass er unter Bulimie litt. Wer weiß, vielleicht kotzte er mein Klo voll, wenn ich nicht zuhause war?

Zurück in meiner Wohnung, machte ich mich gleich ans Putzen. Eine öde und undankbare Tätigkeit, aber sehr hilfreich gegen Erregungszustände. Wenn man den Boden aufwischt oder eine versaute Abwasch scheuert, denkt man weniger an Sex und noch weniger an Mord und Totschlag. Als ich mich mit Kübel und Fetzen in mein Bad begab, tauchten aber sehr wohl Mordgelüste gegenüber Orlando auf. Nachdem ich das Badezimmer auf Hochglanz gebracht hatte, legte ich mich aufs Ohr.

Ich schwamm im Wienfluss, der den Dreck der ganzen Stadt in den Donaukanal und dann weiter in die schöne blaue Donau schwemmte. Zigeunerweisen erklangen. Mein Onkel Sándor spielte mit seiner Gruppe zum Tanz auf. Ich schwamm weiter, immer weiter flussabwärts. Ließ mich von der Strömung treiben. Der Wienfluss führte extrem viel Wasser, war zu einem reißenden Strom geworden. Ich konnte nirgends stehen. Lautes Zischen und Krachen unterbrach die leidenschaftlichen Melodien meines Onkels. Schwere Eisentrümmer stürzten auf mich herab, versenkten mich in der Kloake. Ein großer dunkler Wagen schwamm plötzlich neben mir her. Am Steuer saß eine Frau. Ich blickte in ein schmales, bleiches Gesicht. Ihre leblosen dunklen Augen starrten mich vorwurfsvoll an. Aber im Gegensatz zu ihr lebte ich noch. Denn ich hörte Glockengeläute. Schreckte auf, fiel fast aus dem Bett.

Orlandos Anruf brachte mich in die Realität zurück. Er lud mich zu einer Spätvorstellung im Filmcasino ein. Als Revanche für meine Gastfreundschaft.

„Das Filmcasino ist das geilste Kino von Wien", beteuerte er, als ich zögerte.

„Es ist auch mein Lieblingskino, wie du weißt. Aber ich bin todmüde. Außerdem habe ich schlecht geträumt."

„Ich hol dich ab. Bin gleich bei dir!"

Zwei Minuten später stand er vor der Tür. Orlando und ich hatten noch einen kleinen Disput, aus dem ich als Siegerin hervorging. Ich hatte mich geweigert, mit ihm ins Kino zu gehen, wenn er wieder seine Sisi-Klamotten anziehen würde, und so verzichtete er schweren Herzens darauf.

15

Die anderen Besucher im Filmcasino starrten uns trotzdem an. Orlando trug zwar Männerkleidung, hatte sich aber stark geschminkt. Im Grunde war es mir aber egal, ob uns die Leute anstarrten oder nicht. Ich wollte ihm nur seinen Sisi-Tick abgewöhnen.

Horrorfilme interessierten mich eigentlich nicht. „Strahlen des Bösen", war, laut Orlando, ein Kult-Film, den man unbedingt gesehen haben musste. Ich setzte während der Vorstellung trotzdem mein kleines Schläfchen fort.

Als wir nach dem Film im Hinterhof eine Zigarette rauchten, machte er mir Vorwürfe, weil ich die besten Szenen verschlafen hätte. Ich redete mich auf meine Frühjahrsmüdigkeit hinaus.

Auf den kahlen Ästen des alten Baumes hockte ein Rabenpärchen. Unwillkürlich musste ich an die Unglücksraben und den Fluch, der sich mit ihnen verknüpfte, denken.

Plötzlich erklang ein lautes Kreischen. Der Schrei kam nicht von den Raben, sondern eindeutig aus dem Kinosaal. Ein Schauer fuhr mir den Rücken hinunter.

Die Saaltüren standen offen. Wir stürzten hinein. Die Beleuchtung war an. Wir sahen sie sofort. In einer der hinteren Reihen saß eine Frau. Ihr Kopf war auf ihre Brust gesunken. Ein orangeroter Schal war eng um ihren Hals geschlungen.

Während sich Orlando auf die arme Frau stürzte, sah ich nach dem Platzanweiser. Er lag ohnmächtig am Boden. Ich tätschelte seine Wangen und bat Orlando, mir zu helfen, ihn auf einen Kinosessel zu hieven.

Als der junge Mann wieder zu sich gekommen war, ersuchte ich ihn, die Polizei anzurufen. Dann erst kümmerte ich mich um die Leiche.

Das lange dunkle Haar ergoss sich über die Rückenlehne des Kinositzes. Ihr Gesicht war wohlgeformt, ebenmäßig wie das einer griechischen Göttin und glatt, als wäre es aus weißem Marmor. Die großen dunklen Augen starrten ausdruckslos zu Boden. Etwa einsfünfundsechzig, gute Figur, Alter vielleicht dreißig, registrierte ich so nebenbei. Ihre Zunge, die im schwachen Licht violett schimmerte, hing aus dem Mund. Sie war mit dem Seidenschal erdrosselt worden.

Mir war zum Heulen zumute. Ich erinnerte mich, dass meine Großmutter behauptet hatte, man müsse frisch Verstorbenen die Augen schließen, damit sie nicht nach weiteren Opfern Ausschau halten konnten, die sie mit sich ins Grab ziehen würden. Rasch vergewisserte ich mich, dass weder der Platzanweiser noch Orlando hersahen, und schloss der Toten die Augen. Vermied es dabei, ihr ins Gesicht zu sehen.

Wieder war das Opfer eine schöne, junge Frau. Ich war nun endgültig davon überzeugt, dass ein Serienkiller in Margareten sein Unwesen trieb. Es lag einfach auf der Hand.

Als kurz danach die Polizei eintraf, ging alles sehr schnell. Sie befragten Orlando, den Platzanweiser und mich ganz kurz. Nahmen unsere Daten auf und kündigten an, dass sie uns in den nächsten Tagen aufs Kommissariat bestellen würden. Susanne Schaefer-Wiery, die das Filmcasino leitete, war inzwischen ebenfalls eingetroffen. Wir setzten uns mit ihr ins Foyer, um der Spurensicherung nicht im Weg zu sein. Ich hatte sie noch nie außer Fassung erlebt, hatte sie immer um ihre Gelassenheit und ihre souveräne Art beneidet. Doch in dieser Nacht stand auch ihr die Angst ins Gesicht geschrieben. Kreidebleich und mit zittriger Stimme begann sie ihre Angestellten zu befragen.

„Ich kannte die Tote“, unterbrach Orlando sie. „Ihr Name ist Anja. Sie war Künstlerin oder eher Kunstgewerblerin.“

„Anja?“, fragte ich.

„Ja. Eine Polin. Sie machte wunderschöne Seidenschals und auch Seidenbilder, die sie auf diversen Kunst- und Weihnachtsmärkten verkaufte."

Sowohl das Mädchen vom Buffet als auch der junge Platzanweiser glaubten sich zu erinnern, dass sich Anja vor der Vorstellung ein Cola gekauft hatte. Der Platzanweiser behauptete, dass hinter Anja ein mittelgroßer Mann in einer weiten Bomberjacke gesessen sei. Leider konnten weder Orlando noch ich Konstruktives beitragen. Wir waren in der fünften Reihe gesessen und außerdem zu spät gekommen, hatten also keinen der anderen Kinobesucher gesehen.

„Die Gerichtsmediziner werden bestimmt auf etwas stoßen, womit sie ruhiggestellt worden ist", sagte Frau Schaefer-Wiery. „Sie war sicher nicht mehr bei Bewusstsein, als sie erdrosselt wurde. Sonst hätte sie geschrieen oder zumindest irgendwelche Laute von sich gegeben."

„Rohypnol?" Orlando sah uns fragend an.

„Möglich. Oder vielleicht irgendwelche K.o.-Tropfen? Zur Zeit ist ‚Liquid Ecstasy' in. Davon kann, glaube ich, schon ein kleiner Schluck zu tiefer Bewusstlosigkeit führen", sagte Susanne Schaefer-Wiery.

„Ruf doch Gergely an. Der ist ja Chemiker. Er wird uns bestimmt sagen können, wie lange das Zeug braucht, bis es wirkt", sagte Orlando zu mir.

„Du hast Recht. Ich will ihn ohnehin schon die längste Zeit mal sprechen. Aber ich hab eine gewisse Scheu vor ihm. Ich weiß gar nicht warum", stammelte ich.

„Soll ich ihn anrufen?", fragte Frau Schaefer-Wiery, die inzwischen wieder ruhig und gefasst wirkte. Ich nickte dankbar.

Wir verließen das Kino kurz vor Mitternacht. Ausnahmsweise plapperte Orlando mal nicht drauflos, sondern ging schweigend neben mir her.

Plötzlich sagte er: „Sie war es!"

„Was meinst du?"

„Diese Anja war heute Abend im Motto. Ich hab nicht auf sie geachtet, hatte eine Aussprache mit Bernd. Außerdem waren wieder mal jede Menge Promis da. Aber ich bin mir ganz sicher, dass sie mit einem Mann an einem Tisch in einer dunklen Ecke saß und einen Campari Orange trank."

„Wann war das?"

„Kurz bevor wir ins Kino gingen."

„Du glaubst also, jemand hat ihr flüssiges Rohypnol in den Campari getan?"

„Ja, oder eben Liquid Ecstasy."

„Und dann hat sie es noch bis ins Filmcasino geschafft?"

„Keine Ahnung, wie lange das Zeug braucht, um einen umzuhauen. Aber der geschleckte Typ an ihrer Seite war bestimmt dieser Typ, der auch die anderen Frauen auf dem Gewissen hat", sagte er.

„Wie kannst du dir dessen nur so sicher sein?", fragte ich.

„Ich hab heute was Interessantes über die ermordete Rechtsanwältin erfahren. Angeblich hatte sie bis vor einem Jahr ein Verhältnis mit einem windigen Typen, der sie ausgenommen hat wie eine Weihnachtsgans. Ist dir übrigens aufgefallen, dass sie buchstäblich hingerichtet worden ist? Ich hab sofort an die Todesspritze denken müssen, die sie den Mördern in den USA verpassen. Vielleicht weil sie eine Gesetzesvertreterin war ...?"

„Du hast zu viel Phantasie, Orlando. Und außer dir hat bisher noch keiner einen Zusammenhang zwischen diesem Unbekannten und den ermordeten Frauen hergestellt."

„Was nicht heißt, dass ich falsch liege, oder?"

„Natürlich nicht. Es wundert mich nur, dass die Polizei diesen Mann nicht verdächtigt. Vielleicht solltest du ihnen noch mal einen Tipp geben."

„Du willst mich verarschen", sagte er beleidigt.

Er tat mir Unrecht. Ich nahm seinen Verdacht durchaus ernst. Wir debattierten weiter, bis wir an meiner Wohnungstür angelangt waren.

Obwohl es schon spät war, ging ich hinunter in die Waschküche und füllte eine Maschine mit Handtüchern. Orlandos Handtuchverbrauch war außerordentlich.

Eigentlich sehnte ich mich nach Ruhe. Der Anblick der Toten hatte mich aufgewühlt. Die letzte Tote, der ich bewusst ins Gesicht geblickt hatte, war meine Mutter im Memorial Hermann Hospital in Houston gewesen. Sie hatte wie eine Schlafende ausgesehen. Die tödlichen Schusswunden waren unter der Bettdecke verborgen gewesen.

Das verstümmelte Antlitz der jungen Polin vermischte sich plötzlich mit dem friedlichen Gesicht meiner toten Mutter. Fast gleichzeitig tauchte auch das vorwurfsvolle Gesicht der Toten aus meinem merkwürdigen Traum auf. Mir wurde schwarz vor den Augen.

Als ich wieder zu mir kam, lag ich auf dem kalten Betonboden der Waschküche. Ich rappelte mich auf und schwor mir, den Mörder der schönen Frauen zu finden. Gleich morgen früh würde ich mich auf die Suche nach ihm machen.

Kaum lag ich im Bett, läutete mein Handy. Ich hob ab. Schaffte es nicht, es läuten zu lassen.

„Na, du geiles Stück, wie hat dir denn der Film heute Abend gefallen?“, fragte eine Stimme. Ich legte sofort auf.

Als mein Handy ein paar Minuten später noch einmal klingelte, hob ich wieder ab, wild entschlossen, mir dieses Mal den Text dieses Verrückten anzuhören. Ich fürchtete mich nicht wirklich vor dem perversen Anrufer. Meine Wohnung lag im sechsten Stock. Ich hatte eine Sicherheitstür. Außerdem war ja auch noch Orlando da.

Ich drückte auf die Lautsprecher-Taste, damit er mithören konnte.

„Möchtest du mein Messer in deiner Fotze spüren, du kleines Luder?“ Weniger seine ordinären Worte, sondern eher das irre Kichern, das seine Beschimpfungen begleitete, verursachte mir eine Gänsehaut. „Treibst du’s mit beiden? Bläst du dem feschen Tony einen, während dich der Schwuli in den Arsch fickt?“

Ich drückte auf „Gespräch beenden“.

„Arschloch“, lautete Orlandos Kommentar. Ihn schienen diese ordinären Anrufe nicht besonders zu beeindrucken. Im Gegenteil, als mein Telefon ein drittes Mal klingelte, sagte er völlig cool: „Heb einfach nicht mehr ab.“

Ich hob wieder ab und schrie: „Du verdammtes Schwein wirst bald hinter Schloss und Riegel sein!“

„Katharina, Liebling, was ist los mit dir?“, fragte Tony mit samtiger Stimme.

Ich zog mich mit dem Handy in meine Schlafnische zurück. Orlando hatte den Fernseher eingeschaltet und sah sich die Wiederholung einer uralten Screwball-Komödie an. Der Ton war so laut, dass ich kaum verstand, was Tony sagte.

„Leiser“, schrie ich. „Nicht du! Orlando ist anscheinend schwerhörig.“

Ich erzählte Tony von dem dritten Mord im Filmcasino. Schilderte ihm den Zustand der Leiche und den Schock, den wir hatten. Er schien sich nicht besonders dafür zu interessieren, sondern machte mir Komplimente wegen meiner Kaltblütigkeit.

„Jetzt hör mir mal zu“, fauchte ich in den Hörer. „Ich habe mich schon sehr früh mit dem Tod beschäftigen müssen. Die meisten Menschen setzen sich lieber nicht mit dem Sterben auseinander. Zumindest nicht, bis sie es müssen. Ich war dreiundzwanzig, als meine Eltern ermordet wurden.“

Plötzlich begann ich zu weinen. Weinte nicht wegen des gewaltsamen Todes meiner Eltern, nicht wegen der vier toten Frauen, ich weinte meinetwegen, wegen meiner Einsamkeit und aus Erschöpfung. Und ich wünschte, ich hätte jemanden gehabt, der mich in den Arm nahm. Der Anblick der Toten im Filmcasino war einfach zu viel für mich gewesen.

Besorgt fragte Tony, ob er zu mir kommen solle.

Dieser Gigolo hatte sicher nicht die geeigneten Schultern, um sich an ihnen auszuweinen. Er taugte höchstens, und nicht einmal dessen war ich mir sicher, fürs Bett. Ich hielt mich nicht länger mit Erklärungen auf. Bat ihn, mich morgen wieder anzurufen, und schaltete mein Handy aus.

Ich beruhigte mich genauso schnell wieder, wie ich mich hatte gehen lassen. Orlando bequemte sich endlich dazu, meinen Fernseher auszuschalten. Meine Tränen schienen ihn nicht sonderlich beeindruckt zu haben. Anstatt mich wegen der perversen Anrufe zu beruhigen oder zu fragen, warum ich geheult hatte, erzählte er mir das Ende der Komödie, die er gerade gesehen hatte. Sehr sensibel! Meine Sympathie für Schwule geriet stark ins Schwanken.

„Könnte ich nicht heute Nacht ausnahmsweise bei dir im Bett schlafen?", fragte er mich.

„Sonst noch Wünsche?"

„Mir tut alles weh. Deine Chaiselongue ist viel zu kurz, und der blöde Sessel rutscht dauernd weg. Wegen meiner Verletzung kann ich nur auf der rechten Seite liegen ..."

„Keiner hat dich gebeten, dich bei mir einzuquartieren", sagte ich schärfer als beabsichtigt.

Sein Stöhnen, als er sich umdrehte, klang echt.

„Stefan Grünbeck hat mir versprochen, das neue Sofa in den nächsten Tagen zu liefern."

„Die Männer versprechen einem zuerst immer alles ..."

„Halt den Mund!", fauchte ich ihn an.

4. Akt

16

Acht Uhr morgens. Orlandos Bett war leer.

Ich wollte schon zum Telefon greifen und die Polizei anrufen, als mir einfiel, dass er vielleicht in die Waschküche gegangen war, um die Handtücher zu holen. Als ich auf den Gang hinausschaute, sah ich vor der Tür meiner Nachbarin zwei Boulevardzeitungen liegen. Ich wusste, dass sie auf Urlaub war, und borgte mir die Blätter aus.

„Schlachtfeld Margareten" sprang mich von der einen Titelseite an. Der Aufmacher der anderen Zeitung lautete: „Jahrhundertterror". Beide brachten große Farbfotos von Ilona, Vera und Anja.

Zum ersten Mal stellte ein Journalist einen Zusammenhang zwischen den Frauenmorden in Margareten und der Gasexplosion in dem alten Haus am Margaretenplatz her. Dasselbe Blatt druckte auch ein Foto der Serbin ab, die in der Ordination von Dr. Bischof geputzt hatte. „4. Opfer des Serienkillers?", stand darunter. Ich erfuhr, dass ihr Name Stanka gewesen und sie gerade mal dreiundzwanzig Jahre alt geworden war. Auch sie war eine hübsche Dunkelhaarige gewesen.

Alle bisherigen Todesopfer sahen sich ziemlich ähnlich. Alle waren schöne junge Frauen ausländischer Herkunft. Die Anwältin Vera Navratil war Tschechin gewesen. Hatte erst vor ein paar Jahren die österreichische Staatsbürgerschaft bekommen. Das waren einige der wenigen Informationen, die ich diesem Artikel entnehmen konnte.

Fast hätte ich über all den Schlagzeilen auf Orlando vergessen. Als er kurz danach mit frischen Semmeln und einer anderen Tageszeitung zurückkam, war ich zwar erleichtert, beachtete ihn aber nicht weiter. Ich riss ihm die Zeitung aus der Hand und befahl ihm, Kaffee zu kochen.

„Ich habe die ganze Nacht kein Auge zugetan. Meine Schulter tut mir so weh", jammerte er.

„Warum gehst du nicht endlich zu deinem Arzt“, sagte ich und widmete mich dem Bericht über die Morde in Margareten.

Dieses Blatt brachte sogar ein Einzelporträt von Ilona und ein Foto, auf dem sie nackt zu sehen war. Sie mussten dieses alte Bild bei irgendeinem Pornoverlag aufgetrieben haben. Ilona sah einige Jahre jünger aus und hatte noch ihre echten Brüste. Zumindest behauptete das Orlando, nachdem er einen Blick auf das Aktfoto geworfen hatte: „Was sind denn das für mickrige Dinger? Diese Frau hatte einen Wahnsinnsbusen! – Ich wusste natürlich sofort, dass all diese Pracht aus reinem Silikon war. So was sieht unsereins ja auf den ersten Blick.“

In allen drei Zeitungen gab es, wie vorauszusehen war, Anspielungen auf den legendären und nie überführten Jack the Ripper. Nur bezeichneten sie den Täter halt als den „Ripper von Margareten“.

„Das dritte Opfer des Serienkillers von Margareten ist, bevor es mit seinem eigenen Seidenschal erdrosselt wurde, mit K.o.-Tropfen betäubt worden, die der Täter während der Vorstellung in ihr Cola geschüttet hatte“, schrieb ein Journalist. Es folgte ein längeres Geschwafel über die Gefährlichkeit von Betäubungsmitteln und über Rohypnol, das ja damals auch die mörderischen Krankenschwestern von Lainz verwendet hatten. Schließlich betonte der Autor auch noch, dass die „mörderische Witwe“ Blauensteiner ebenfalls im fünften Bezirk gewohnt hatte.

In dem anderen Blatt wurde ein Freigänger vom Mittersteig verdächtigt, und in der dritten Boulevardzeitung ein Transvestit als Frauenmörder entlarvt. Orlando begann hysterisch zu lachen, als ich ihm diese Passage vorlas.

„Ein Sexualmörder läuft weiterhin frei in Wien herum. Die Polizei tappt im Dunkeln. Der Bürgermeister von Wien reagierte auf die Frage, was er gegen diesen Serienkiller zu unternehmen gedächte, ebenfalls ratlos.“

Orlando lachte noch immer.

„Vielleicht sollte der Häupl des Nachts schwer bewaffnet durch Margareten ziehen“, sagte ich erbost zu ihm und wollte die Zeitungen in den Papiermüll werfen.

Orlando schnappte sich eines der Blättchen und sagte: „Im nächsten Absatz schlägt tatsächlich ein FP-Politiker vor, dass man in Margareten eine Bürgerwehr gründen solle. Mit lauter aufrechten deutschstämmigen Österreichern …"

„Hör auf, mir wird gleich schlecht."

„Der Kriminalpolizei wird jedenfalls komplettes Versagen vorgeworfen. Da krieg ja selbst ich Mitleid mit den Kieberern", sagte er grinsend.

„Jedenfalls werden die Bürgerinnen und Bürger des Fünften Bezirks aufgefordert, in nächster Zeit sehr wachsam zu sein …", las er weiter.

„Schmeiß diesen Scheiß endlich weg", fauchte ich ihn an.

Ich ging in die Trafik und besorgte mir den FALTER, ohne zu wissen, dass sich darin ein Interview mit meinem geliebten Dr. Mader über Serientäter und Profilerstellung befand. Zuhause stürzte ich mich bei einer zweiten Tasse Kaffee und einer Zigarette sogleich auf dieses Interview.

FALTER: Wie muss man sich die Arbeit eines Profilers vorstellen?

Dr. Mader: Die Profiler vom FBI behaupten, dass man, um den Täter zu finden, die Tat betrachten und sich in die Denkweise des unbekannten Täters versetzen muss, und natürlich auch an die Stelle des Opfers, so schmerzlich dies auch sein mag. Erst wenn wir eine konkrete Vorstellung davon haben, wie das Opfer auf diese schrecklichen Angriffe und Verletzungen reagiert haben könnte, werden wir eventuell das Verhalten und die Reaktionen des Täters begreifen können. Manchmal kann man sie nur fassen, wenn man lernt zu denken wie sie.

FALTER: Wie erstellt man ein Täter-Profil?

Dr. Mader: In jedem Grundkurs für Profilerstellung wird die Analyse stets in drei Fragen und Phasen eingeteilt: Was, warum und wer. Was ist geschehen? Warum ist es so und nicht anders geschehen? Und diese Überlegungen führen zu der Frage, wer diese Verbrechen aus genau diesen Gründen begangen haben könnte.

FALTER: Was bringt einen Menschen dazu, Serienmörder zu werden? Gibt es frühe Warnsignale?

Dr. Mader: Manche Kollegen behaupten, der einzige einigermaßen verlässliche Hinweis sei eine gewalttätige Familiengeschichte. Serienmörder verstehen es zu manipulieren, sind narzisstisch und absolut egozentrisch. Bei uns ist es nach wie vor so, dass Gewaltverbrechen häufig im Familien- oder Bekanntenkreis stattfinden. Die meisten Morde werden aus Geldgier, Wut, Neid, Eifersucht und Rache verübt. Wenn diese emotionalen Probleme ausgelebt wurden, ist das Verbrechen sozusagen abgeschlossen. Serientäter hören erst auf zu morden, wenn sie gefasst werden. Sie lernen aus Erfahrung und „perfektionieren" ihre Verbrechen. Fast alle Täter sind übrigens Männer.

FALTER: Handelt es sich Ihrer Meinung nach bei dem Mörder von Margareten um einen Serientäter? Gibt es bei diesen Fällen ein gemeinsames Motiv?

Dr. Mader: Die drei gängigsten Motive von Serienvergewaltigern und -mördern sind Dominanz, Manipulation und Kontrolle. Alles, was sie tun und denken, ist darauf ausgerichtet, ihr ansonsten leeres Leben auszufüllen. Ich glaube nicht, dass wir es hier mit so einem Täter zu tun haben. Ich denke vielmehr, dass dieser Mörder aus sehr persönlichen Gründen tötete. Man sollte eher nach einer Verbindung zwischen den Opfern suchen, und sei diese auf den ersten Blick noch so absurd. Ich denke, dass die Opfer und auch der junge Mann, der dem Mordanschlag knapp entronnen ist, irgendetwas miteinander zu tun haben müssen. Natürlich sieht es so aus, als ob es der Täter auf junge, hübsche Frauen abgesehen hätte. Aber er hat keine eigene „Handschrift", wie wir das nennen. Jeder Mord ist anders, auch das spricht gegen einen typischen Serientäter.

FALTER: Wie muss man sich einen typischen Serientäter vorstellen?

Dr. Mader: Die meisten sind zornige, erfolglose Verlierer, die das Gefühl haben, im Leben zu kurz gekommen zu sein. Häufig sind sie auch physisch und psychisch gequält worden. Deshalb ist es auch nicht verwunderlich, dass sie sich besonders zu Autoritäten, wie zum Beispiel zu Polizisten, hingezogen fühlen. Oft treiben sie sich im Umfeld der Ermittler herum und versuchen, diese auszuhorchen.

FALTER: Erkennt man einen Serienmörder auch an irgendwelchen äußeren Attributen?

Dr. Mader: Sie werden es kaum glauben, aber in den USA war lange Zeit der VW-Käfer das Lieblingsfahrzeug der Serienmörder, also damals ein möglichst unauffälliger Wagentyp. Auch heute fahren sie wahrscheinlich eher gängige Automarken.

FALTER: Welchen Rat würden Sie den Ermittlern in dieser Mordserie geben?

Dr. Mader: Über kriminelle Verhaltensweisen und Motive kann man sehr viel erfahren, wenn man sich auf die Beweise am Tatort konzentriert. Und das allerwichtigste Beweisstück in jedem Mordfall ist natürlich immer die Leiche.

FALTER: Warum hat der Mörder von Margareten Ihrer Meinung nach keine eigene Handschrift?

Dr. Mader: Der Begriff „Handschrift“ wurde von dem berühmten FBI-Profiler John Douglas geprägt. Ich habe sein Buch „Die Seele des Mörders“ gelesen. Ich stimme zwar nicht in allen Punkten mit ihm überein, aber er hat natürlich Recht, was die besondere Handschrift eines Serientäters betrifft. Sie ist das, was der Täter tun muss, um sich zu verwirklichen, behauptet er. Und sie ist statisch, ändert sich nicht. Sie drückt die Persönlichkeit des Mörders aus. Der Modus operandi hingegen entspringt, laut Douglas, angelerntem Verhalten. Es ist das, was der Täter tut, während er die Tat begeht. Das ist dynamisch, das heißt, es kann sich ändern. Wenn er mit der ersten Tat davonkommt, lernt er daraus und wird sozusagen „besser“.

FALTER: Sie glauben also nicht, dass es sich bei der Mordserie in Margareten um die Taten eines typischen Serienmörders handelt?

Dr. Mader: Die mir bisher bekannten Indizien lassen diese Schlussfolgerung jedenfalls nicht zu.

Ich war mir nach der Lektüre dieses FALTER-Interviews fast sicher, dass Dr. Mader sich irrte. Inzwischen war eine weitere schöne Frau ermordet worden. Davon hatte er, als er dieses Interview gab, noch nichts gewusst. Bestimmt war der Vergewaltiger, den mein Schulfreund Stefan Grünbeck in die Flucht geschlagen hatte, der Täter. Wahrscheinlich handelte es sich um denselben Mann, der mich in den letzten Nächten mit seinen Anrufen terrorisiert hatte. Ich musste unbedingt bald wieder mit Dr. Mader reden.

Während ich noch überlegte, ob der dritte Mord im Filmcasino die typische Inszenierung eines Serienmörders war, aus der Profiler eine bestimmte Handschrift ablesen könnten, läutete es an meiner Wohnungstür. Ohne vorher durch den Spion zu schauen, öffnete ich.

Vor meiner Tür standen zwei Männer Anfang vierzig in dunklen Jeans und Sakkos. Sie fragten, ob sich ein Herr Orlando in meiner Wohnung aufhalte. Gleichzeitig zückten sie ihre Ausweise. Kriminalpolizei, mehr konnte ich nicht lesen.

Bevor wir beide irgendetwas sagen konnten, hatten sie ihm seine Rechte runtergeleiert und Handschellen angelegt.

„Verdammt“, schrie ich. „Er war die ganze Zeit bei mir.“

Sie ignorierten mich. Verschwanden bereits mit ihm im Lift.

Zurück in meiner Wohnung, rief ich sofort den Bezirksvorsteher Ingenieur Wimmer an. Doch er war auswärts in einer Besprechung.

Enttäuscht zog ich einfach los. Schlenderte durch die Straßen von Margareten. Obwohl ich heute meinen freien Tag hatte, ging ich schließlich ins Cuadro.

Abends war das Café Cuadro ein Treffpunkt für Künstler, Intellektuelle, Freiberufler und Schwule. In der Früh war unser Publikum gemischter. Unser Bio-Frühstück mit all den gesunden Säftchen war vor allem bei Müttern mit Kleinkindern sehr beliebt.

17

An einem Tisch im hinteren Nichtraucherbereich des Lokals entdeckte ich den Bezirksvorsteher Kurt Wimmer mit den Stadträtinnen Renate Brauner und Sandra Frauenberger. Als ich mich ihrem Tisch näherte, bekam ich mit, dass sie über den Mord im Filmcasino sprachen. Ich fragte, ob ich mich kurz zu ihnen setzen dürfe.

Sie schienen zwar überrascht, baten mich aber, Platz zu nehmen. Ich kam sofort zur Sache. Erzählte ihnen, dass ich gestern praktisch Zeugin des dritten Mordes gewesen sei.

„Hat die Polizei nicht gerade einen Verdächtigen verhaftet?", warf Sandra Frauenberger ein.

„Ja, einen Transvestiten. Vor einer Stunde in meiner Wohnung", sagte ich mühsam beherrscht. „Er saß gestern während der Vorstellung im Filmcasino die ganze Zeit neben mir in der fünften Reihe. Nachher haben wir im Hinterhof eine miteinander geraucht. Dann ertönte plötzlich der Schrei des Platzanweisers ... Wie bitte soll er die Frau in der 14. Reihe umgebracht haben?"

Natürlich erwähnte ich nicht, dass ich die Hälfte des Films verschlafen hatte. Aber den Verdacht, dass mein süßer Orlando ein Frauenmörder sein könnte, fand ich völlig absurd.

„Wissen Sie, was ich nicht verstehe? Warum hat mich die Kriminalpolizei gestern nicht ordentlich befragt? Orlando hat mich sicher als sein Alibi angegeben."

„Haben Sie den Kriminalbeamten nicht gesagt, dass er die ganze Zeit bei Ihnen war?", fragte mich Renate Brauner.

„Natürlich, aber sie haben mir nicht zugehört."

Aus ihrer Handtasche lugte der FALTER.

„Haben Sie das Interview mit dem Psychiater Dr. Mader gelesen?", fragte ich.

Sie nickte.

„Ich auch. Und ich glaube, er hat Recht. Es handelt sich wahrscheinlich wirklich nicht um einen klassischen Serienkiller", sagte Kurt Wimmer.

„Ich fürchte, der Mörder von Margareten ist ein Einheimischer. Wahrscheinlich sogar ein Bürger von Margareten“, warf ich ein und starrte auf die kleine Margarite am Revers seines Sakkos.

Er zuckte zusammen und runzelte die Stirn.

„Die Kripo sollte sich im ausländerfeindlichen Milieu nach dem Täter umsehen. Schließlich waren alle Mordopfer ausländischer Herkunft“, fuhr ich fort.

Kurt Wimmer legte wieder seine Stirn in Falten. „Ja, die Fremdenangst verstärkt sich in Krisenzeiten. Und wir haben nun mal eine weltweite Finanzkrise“, sagte er.

„Ich hab mir unlängst die neueste Kriminalstatistik von Wien besorgt. Es ist erstaunlich, dass Margareten angesichts des höchsten Ausländeranteils innerhalb des Gürtels so friedlich ist, oder sollte ich besser sagen, war. Auch die Kriminalbeamten, mit denen ich gesprochen habe, bestätigten mir, dass die Kriminalitätsrate in Margareten sehr niedrig ist. Es kann sich wirklich nur um einen psychisch kranken Frauenhasser handeln“, warf Sandra Frauenberger ein.

Alle drei versprachen mir beim Abschied, sich für Orlando einzusetzen.

Ich setzte mich an die Theke und schnappte mir noch mal den FALTER.

Im Cuadro hatten wir diese Wochenzeitschrift gleich in doppelter Ausgabe abonniert. „Der Gergely hat ein Faible für diese Zeitschrift, weil sie eines der letzten unabhängigen Medien in Österreich ist“, sagte Jürgen Geyer.

Ich fand das erstaunlich, waren doch üblicherweise die meisten Hausbesitzer und Wirte gestandene Konservative und sicher keine Linken. Aber vielleicht war der Gergely ja wirklich ein Grünbewegter?

Ein „Best of Vienna“ fiel mir in die Hände. Der FALTER hatte diese Woche den fünften Bezirk porträtiert.

„Das musst du unbedingt lesen“, sagte Jürgen. „Der Fünfte wird nun bald genauso trendy werden wie der Siebte.“

„Von mir aus“, murmelte ich.

„Margareten ist kreativ geworden. Vor ein paar Jahren war es noch undenkbar, dass der Fünfte, dieser typische Arbeiterbezirk, Architekten, Designer, Modemacher und Künstler anziehen könnte. Zuerst kamen die Künstler und nun kommen die anderen …“, las er mir laut vor.

„Angeblich sagt doch unser Oberboss oft, dass er nicht möchte, dass aus dem Schlossquadrat ein zweiter Spittelberg wird. Ich würde es jedenfalls nicht so toll finden, wenn die Mieten steigen. Im Siebten sind die Wohnungen fast so teuer wie im Ersten oder in Hietzing. Außerdem kann ich mit diesen Adabeis sowieso nichts anfangen.“

„Ich rede von Künstlern, Kafka.“

„Du meinst also nicht all diese eitlen Leuten, die vor laufender Kamera unbedingt ihren niedrigen IQ beweisen müssen.“

„Die sind auch wichtig fürs Geschäft. Hast du das denn noch immer nicht kapiert?“

„Okay. Aber meinen diese Journalisten wirklich den Fünften? Bestimmt hatten sie bei ihren Recherchen nur das Grätzl um den Margaretenplatz im Auge. Vor Kurzem war ich drüben in der Reinprechtsdorfer Straße und am Siebenbrunnenplatz. Dort sieht's ein bisschen anders aus. Aber auch das ist Margareten.“

„Natürlich. Aber dieses weltberühmte Architekten-Duo Coop Himmelblau ist eben ausgerechnet in diese Gegend gezogen. Das hat bestimmt viele andere Künstler angezogen.“

„Künstler stehen eben auf dörfliches Ambiente“, warf ich ironisch ein. „Auch wenn das mitten in der Stadt paradox klingt, denn außer ein paar zweistöckigen Biedermeierhäuschen und ein paar begrünten Innenhöfen hat Margareten nun wirklich nicht viel Dörfliches. Außer, wenn du den alten Traktor unseres Chefs und die Kräutergärten im Schlossquadrat dazurechnest. Geh mal raus auf den Margaretner Gürtel oder in den Gemeindebau in der Arbeitergasse …“

„Kreative Menschen schätzen halt die Nähe zum Naschmarkt und vor allem die Kontraste im 5. Hieb. Wusstest du, dass der Fünfte der billigste Bezirk innerhalb des Gürtels ist?

Außerdem gibt es noch viele kleine Läden und Beisl wie zum Beispiel Fredis Feuerhalle ..."

„Der Naschmarkt ist mittlerweile zur Seitenblicke-Meile verkommen. Welche gestandenen Wiener gehen denn dort noch einkaufen? Außerdem gehört der Naschmarkt nicht zum Fünften. Ich steh mehr auf den winzigen Waschsalon am Margaretenplatz und auf die kleinen Internet-Shops und Fast-Food-Lokale in der Pilgramgasse, die fast immer offen haben. Die erinnern mich an New York."

„Du bist und bleibst ein verdammter Snob, Kafka!"

„Wie du meinst", sagte ich und ließ den Snob einfach auf mir sitzen. Ich fand es sinnlos, weiter mit ihm über die Entwicklung von Margareten zu diskutieren. Wir hatten eben unterschiedliche Standpunkte.

Nachdem ich den FALTER von vorn bis hinten gelesen hatte, rief ich Dr. Mader an. Fragte ihn, ob er mich heute irgendwann einschieben könne. Er gab mir einen Termin am späten Nachmittag.

Inzwischen war auch eine Nachricht vom Kommissariat in der Viktor-Christ-Gasse auf meiner Mailbox eingegangen. Ein überraschend freundlicher Polizeibeamter bat mich, kurz bei ihnen vorbeizuschauen und eine Aussage zu machen. Bestimmt ging es um Orlandos Alibi. Ich rief sofort zurück.

Kaum hatte ich aufgelegt, rief mich Tony Meyers an. Er wollte wissen, ob er etwas falsch gemacht hätte, weil ich letzte Nacht am Telefon so abweisend gewesen wäre.

Ich erzählte ihm von Orlandos Verhaftung. Tony schlug vor, uns nach meinem Besuch auf dem Kommissariat zu treffen.

„Nicht im Cuadro", sagte ich. Meine Kollegen würden mich nachher sicher auf der Schaufel haben. Deshalb schlug ich das Haasbeisl als Treffpunkt vor.

Meine Aussage auf dem Kommissariat nahm nicht viel Zeit in Anspruch. Ich bestätigte, dass Orlando während der Vorstellung nicht von meiner Seite gewichen war. Sie fragten, ob ich sonst irgendwas Auffälliges bemerkt hätte. Ich wiederholte, dass wir ein paar Reihen vor dem Mordopfer gesessen waren.

Zum Glück traf ich mit Tony vor der Tür des Haasbeisl zusammen. Er umarmte mich stürmisch, küsste mich auf den Mund. Auch bei Tisch konnte er seine Hände nicht von mir lassen. Ich schob sie immer wieder weg. Doch er ließ sich nicht davon abhalten, meinen Nacken und meine Arme zu streicheln. Mein Nacken war meine geheime erogene Zone. Wie hatte er das bloß so schnell herausgefunden? Schließlich war ich kein süßes, kleines Kätzchen.

Tony war genauso alt wie ich, sah aber ebenfalls um zehn Jahre jünger aus. Seine dunklen dichten Brauen bildeten einen reizvollen Kontrast zu seinen hellbraunen Augen, und sein sinnlicher Mund versprach nicht nur Wonnen für eine Nacht. Ich würde höllisch aufpassen müssen, mich nicht in ihn zu verlieben.

Leise berichtete ich ihm von dem gestrigen Abend. Als ich ihm die Leiche der erdrosselten polnischen Künstlerin im Filmcasino beschrieb, wurde er kreidebleich. „Bitte, Katharina, erspare mir die Details!"

Am Nebentisch saß ein junger Mann mit einem Kindergesicht und löffelte eine Suppe. Er war mittelgroß und ziemlich mollig. Seine Gliedmaßen waren rund, seine Hände plump. Auf seinem bartlosen Kinn klebte Sellerie. Sein stechender Blick war mir unangenehm. Offensichtlich versuchte er, unser Gespräch mitzuhören.

„Kennst du diesen Kerl dort drüben?", fragte ich Tony. „Er starrt mich ständig an."

„Meinst du das Baby-Face?"

„Nicht so laut", zischte ich.

„Ignorier diesen Idioten einfach."

„Das kann ich nicht. In Margareten läuft ein Frauenmörder frei herum. Ich kriege seit zwei Tagen bedrohliche Anrufe. Vielleicht reagiere ich übertrieben. Aber ich bekomme es langsam mit der Angst zu tun."

Das Lächeln wich aus seinem Gesicht. Machte einem ernsten und besorgten Ausdruck Platz.

Die Selleriecremesuppe im Haasbeisl war eine Delikatesse. Doch als ich dem Baby-Face dabei zusah, wie er die köstliche

Suppe schlürfte, verging mir der Appetit. Er starrte mich nach wie vor mit durchdringendem Blick an.

Obwohl ich nicht daran glaubte, dass allein durch Blickkontakt Unheil ausgelöst werden könnte, umfasste ich unwillkürlich das Amulett meiner Großmutter. Ich trug es fast immer um den Hals. Der türkisfarbene Anhänger in Form eines Auges würde mich vor dem bösen Blick schützen, hatte sie behauptet, als sie mir diese Kette zum Schulbeginn geschenkt hatte. Vielleicht sollte ich auch rasch meinen Sweater umdrehen? Onkel Sándor hatte mir geraten, meine Kleidungsstücke verkehrt herum anzuziehen, um mich vor bösen Blicken zu wappnen. Ich hatte ihn damals ausgelacht.

Der Gedanke an meinen Onkel stimmte mich traurig. Seit er in Südfrankreich lebte, meldete er sich höchstens zwei- oder dreimal im Jahr bei mir. Und ich erreichte ihn telefonisch sowieso nie.

Während Tony auf mich einredete, beobachtete ich diesen gebückt dasitzenden Mann mit dem zurückweichenden Haar. Seine seltsam farblosen Augen waren blutunterlaufen. Sein blassblondes Haar war extrem kurz geschnitten. Bundesheerhaarschnitt, fiel mir dazu ein.

Nachmittags klatschten und tratschten die Leute aus dem Grätzl im Haasbeisl, genauso wie bei uns im Cuadro oder beim Silberwirt. Offensichtlich hatten die Beisl die Bassena abgelöst. Die meisten Gäste hatten bereits gegessen. Gönnten sich jetzt noch einen Kaffee oder ein Glas Wein.

Ich war nervös. Die bedrohlichen Anrufe gestern Nacht hatten mich lange nicht einschlafen lassen. Wie gebannt starrte ich auf die zum Teil rot gestrichenen Wände. Plötzlich bildete ich mir ein, dass die Farbe zu rinnen begann, dass Blut auf die alten Fotos und gerahmten Zeitungsartikel tropfte. Ich war wohl nicht mehr ganz dicht.

Erleichtert registrierte ich, dass sich Georg Haas zu uns gesellte. Er sprach mit Tony über die Morde. Da beide weniger darüber wussten als ich, hörte ich ihnen nicht zu, sondern beobachtete weiter den dicklichen Mann am Nebentisch aus den Augenwinkeln.

Erst als Georg sagte: „Wir hatten sogar schon mal einen Toten im Lokal“, widmete ich meine Aufmerksamkeit wieder den Männern an meinem Tisch.

„Der Besitzer eines Messerschleifergeschäfts fiel eines Tages beim Schnapsen tot vom Sessel. Dabei hatte er ein gutes Blatt gehabt ...“

Er konnte die Geschichte nicht zu Ende erzählen. Herr Schramm betrat das Lokal und fragte, ob er sich zu uns setzen dürfe.

Georg versprach mir, die Ohren offen zu halten und mich sofort zu informieren, wenn er irgendetwas Verdächtiges hören sollte. „Bei mir verkehren vor allem alteingesessene Margaretner, und die wissen oft mehr, als sie der Polizei zu erzählen bereit sind“, sagte er. Dann nahm er die Bestellung von Herrn Schramm auf und verschwand in die Küche.

Kommerzialrat Schramm war ein charmanter Mann. Ich unterhielt mich gern mit ihm. Wunderte mich allerdings, dass er Tony demonstrativ ignorierte.

Als Helmut Schramm erwähnte, die ermordete Künstlerin sei eine Freundin der Geliebten von Dr. Bischof, wurde Tony sichtlich nervös. Die Stimmung war auf den Nullpunkt gesunken, als mein Handy läutete.

„Orlando“, rief ich hocherfreut. „Wo bist du? Haben sie dich endlich gehen lassen?“

Geduldig hörte ich mir die ausführliche Schilderung seines Martyriums an. Nach einer Weile unterbrach ich ihn doch und sagte so laut, dass es jeder im Lokal hören konnte: „Deine Freilassung hast du allein dem Bezirksvorsteher Wimmer zu verdanken.“

18

Zehn Minuten später saß Orlando an unserem Tisch und schwatzte uns die Ohren voll mit seinen Knast-Erlebnissen. Herr Schramm wechselte bald an den Nachbartisch. Tony ging auf die Toilette.

„Stell dir vor, ich habe mich verliebt“, sagte Orlando, kaum hatten die beiden uns allein gelassen, leise zu mir.

Ich blickte ihn irritiert an. Hatte er sich womöglich mit einem Knastbruder eingelassen? Inzwischen traute ich Orlando so ziemlich alles zu.

„In wen? Sag schon. Spann mich nicht auf die Folter.“

„In einen Polizisten!“

„Bist du jetzt völlig verrückt geworden? Hast du nicht unlängst behauptet, du würdest den Bullen lieber aus dem Weg gehen?“

„Ja, den meisten. Aber es gibt Ausnahmen.“ Er zwinkerte mir verschwörerisch zu und flüsterte mir ins Ohr: „Ich habe letzte Nacht einen wirklich tollen Mann kennengelernt. Gebaut wie ein Adonis, Schultern wie ein Schwimmer, eine Wespentaille wie Sisi, und sein Schwanz ist bestimmt auch riesig ...“

„Orlando, bitte!“

„Und er ist schwul! Ein schwuler Wiener Bulle! Der helle Wahnsinn, oder?“

„Ich hab gedacht, du liebst den Bernd Schlacher“, murmelte ich.

„Das ist meine wahre Liebe“, sagte Orlando todernst. „Aber er will mich ja nicht. Also muss ich mich mit anderen trösten.“

Dieser logischen Erklärung hatte ich nichts entgegenzusetzen. Zum Glück kehrte nun Tony an unseren Tisch zurück. Orlando benahm sich ihm gegenüber wie ein eifersüchtiger Ehemann. Als sich auch Helmut Schramm wieder zu uns gesellte, wurde Orlando richtig grantig.

„Nie kann man sich mit dir in Ruhe unterhalten. Musst du denn dauernd deinen ganzen Harem mitschleppen“, zischte er mich leise an.

Georg Haas brachte das Beuschl für Herrn Schramm. Orlando wurde leicht hysterisch. „Wie können Sie so was essen“, fragte er mit schriller Stimme. „Nicht nur ich, auch Kaiserin Sisi war Vegetarierin“, teilte er uns lautstark mit.

„Wer’s glaubt, wird selig“, warf ich ein. „Soviel ich weiß, ernährte sie sich vor allem von Kalbsbrühe. Angeblich ließ sie Unmengen von frischem Kalbsfleisch auspressen und trank den puren Fleischsaft – sozusagen eine Fleischblut-Diät.“

„Warum musst du sie immer runtermachen? Sie hatte für Zigeuner viel übrig, ließ sie bei ihren Festen in Ungarn immer aufgeigen. Das weiß ich aus den Sisi-Filmen."

„Sei nicht so teppert, Orlando!", seufzte ich.

„Wenn Sisi heute leben würde, wäre sie garantiert Vegetarierin", sagte er trotzig.

Ich ließ ihn in dieser unsinnigen Diskussion das letzte Wort behalten. Entschuldigte sein unmögliches Verhalten mit seinem Gefängnisaufenthalt.

Georg fragte Orlando, ob er Apfelspalten wolle.

„Ja, bringen Sie ihm eine Portion gebackene Apfelspalten", sagte ich energisch und tippte mir heimlich mit dem Zeigefinger auf die Stirn.

„Das habe ich gesehen, Katharina", schrie Orlando nun mich an.

„Lass es gut sein", sagte ich und verabschiedete mich von Tony, der vorgab, einen Termin mit einem Kunden zu haben. Offensichtlich hatte er sich in unserer kleinen Runde nicht recht wohl gefühlt. Ich konnte es ihm nicht einmal verdenken. Kommerzialrat Schramm hatte ihn ignoriert, Orlando hatte ihm nur giftige Blicke zugeworfen.

Georg Haas war es inzwischen gelungen, Orlando zu beruhigen. Ich hörte meinen Freund gnädig sagen: „Na gut, dann probier ich halt mal Ihre gebackenen Apfelspalten."

„Allein diese Apfelspalten mit Zimtpartfait sind den Weg ins Haasbeisl wert", begann Orlando nach dem ersten Bissen zu schwärmen. „Aber ihr Fleischfresser könnt diese Delikatesse sicher nicht würdigen!"

Nach dem Essen ging er auf die Toilette. Ich nützte die Gelegenheit und fragte Helmut Schramm, ob er Tony Meyers näher kennen würde. Ihm schien die Frage gleich peinlich zu sein wie mir. Er antwortete erst nach einer Weile. „Es geht mich natürlich nichts an, aber Ihr Freund war vor Kurzem mit der jungen Frau, die im Filmcasino so grausam ermordet worden ist, bei mir im Geschäft. Verzeihen Sie mir, aber die beiden haben wie ein Liebespaar auf mich gewirkt."

Ich hoffte, es war mir nicht anzumerken, wie sehr ich erschrak. Zum Glück kam gerade Orlando von der Toilette zurück und kreischte so laut, dass es jeder im Lokal hören konnte: „Diese Klos sind ja viel geiler als die verspiegelten Toiletten im Motto."

Georg Haas freute sich über Orlandos Begeisterung. Erzählte ihm, dass er sie gemeinsam mit einem Künstler gestaltet hätte.

„Dieses Kunstwerk muss ich mir auch mal aus der Nähe ansehen", sagte ich. Mich beschäftigte weniger die extravagante Dekoration der Toiletten, ich brauchte vielmehr ein bisschen Ruhe, um nachdenken zu können. Warum hatte Tony mir nicht erzählt, dass er mit dem dritten Mordopfer befreundet gewesen war? Erstens wusste er, dass ich mich für die Morde interessierte. Zweitens müsste er eigentlich trauern, wenn er in diese polnische Künstlerin verliebt gewesen war.

Als ich das Damenklo verließ, stieß ich im Vorraum mit dem Milchgesicht, das mich die ganze Zeit über so lüstern angestarrt hatte, zusammen. Es war zwar wirklich etwas eng im Vorraum, doch er hätte meinen Busen trotzdem nicht unbedingt berühren müssen.

„Finger weg", fauchte ich ihn an.

Er grinste doof. Als ich mich umdrehte, spürte ich seine Hand auf meinem Hintern. Blitzschnell drehte ich mich um und verpasste ihm eine kräftige Ohrfeige. Dann schrie ich „Georg!"

Als der Wirt hereinstürzte, stieß ihn der junge Mann zur Seite. Georg erwischte einen Zipfel von seinem Sakko. Der Typ entledigte sich in Windeseile seines Sakkos und rannte an uns vorbei zur Tür hinaus. Mir fielen seine riesigen Schuhe auf. Knallrot und sehr bequem aussehend.

„Um Himmels willen", schrie ich: „Das ist dieser Vergewaltiger!"

Helmut Schramm sprang sofort auf und lief dem Kerl hinterher. Leider kehrte er nach ein paar Minuten allein zurück.

„Er ist plötzlich wie vom Erdboden verschluckt gewesen. Ich sah ihn gerade noch in die Ziegelofengasse einbiegen. Als ich an der Ecke angelangt war, sah ich keine Menschenseele mehr", sagte Herr Schramm.

„Vielleicht wohnt er dort drüben?", meinte ich. „Meine Kollegen im Gergely's haben mir erzählt, dass vor den Werkstätten der VHS Stöbergasse manchmal ein komischer Typ herumschleicht. Ihre Beschreibung passt genau auf diesen Spinner. Lasst uns die Polizei verständigen."

Orlando bat mich, die Polizei aus dem Spiel zu lassen. „Du hast nur einen vagen Verdacht. Mach dich nicht lächerlich. Die Bullen glauben dir ohnehin kein Wort."

Herr Schramm hatte zwar nichts dagegen, die Polizei anzurufen, ich sah ihm jedoch an, dass auch er meine Reaktion für übertrieben hielt.

„Was ist denn wirklich passiert, Katharina?", fragte mich Georg Haas.

„Im Prinzip gar nichts. Er hat nur meinen Busen und meinen Hintern betatscht. Aber darum geht's nicht. Deswegen würde ich sicher nicht die Polizei rufen. Ich habe ihm eh eine geknallt. Aber diese roten Schuhe, die er anhatte, waren eindeutig Trippen-Schuhe von Vega Nova. Und zwar in Übergröße. Ich muss sofort rüber zu Herrn Pogats. Diesem Milchgesicht sind die Schuhe bestimmt viel zu groß. Männer seiner Größe haben nicht Schuhnummer 48", sagte ich. „Sie sahen aus wie Clownschuhe, findet ihr nicht?"

Georg Haas und die anderen Männer schauten mich an, als wäre ich eine arme Irre. Rasch erzählte ich ihnen von Stefan Grünbecks Heldentat am Faschingdienstag.

Georg hielt mir das dunkelbraune Sakko, das er erbeutet hatte, hin und fragte: „Soll ich das jetzt am Flohmarkt verkaufen, um seine Zeche wieder reinzubringen?"

Ich nahm ihm die Jacke ab. Schaute mir das Markenschild an.

„Oh la la, Vergewaltiger tragen heutzutage Designermarken", sagte ich.

Helmut Schramm schwieg schon seit einer ganzen Weile. „Ich glaube, ich habe diesen Kerl schon mal gesehen", sagte er plötzlich. „Er treibt sich manchmal mit einer Gruppe junger Rechtsradikaler bei uns drüben im Siebenbrunnenviertel herum. Aber er dürfte eher ein Mitläufer sein. Die blöden Sprüche führen eher die anderen. Ich kann mir nicht vorstellen, dass er diese Frauen auf dem Gewissen hat. Ich halte ihn eher für etwas minderbemittelt."

„Alle Mordopfer waren ausländischer Abstammung, vergessen Sie das nicht", sagte ich.

Orlando und ich verließen gemeinsam das Haasbeisl. Kaum waren wir allein, sagte er: „Dein schöner Tony ist dieser Womanizer, von dem ich dir letztens erzählt habe. Er hatte sowohl mit Vera Navratil als auch mit Ilona eine Affäre. Ich habe ihn sofort wiedererkannt. Soviel ich gehört habe, hat er beide Mädels ziemlich abgezockt. Außerdem glaube ich, dass er der Typ war, den ich mit Anja im Motto gesehen habe. Aber du hast ja meine Blicke nicht kapiert, warst total hingerissen von diesem Schönling."

Ich schwieg betreten. Wenn es stimmte, dass Tony mit allen drei Mordopfern ein Verhältnis gehabt hatte, war höchste Alarmstufe angesagt. Dann hatte er sich sicher nicht aus reiner Begeisterung für meine schönen Augen an mich rangemacht.

„Womanizer sind keine typischen Frauenmörder", murmelte ich. „Das sind normalerweise Männer mit viel Charme, die es nicht nötig haben, Frauen mit Gewalt zu nehmen oder sie gar umzubringen."

„Da wäre ich mir nicht so sicher", sagte Orlando spitz. „Aber jetzt lass uns mal diesen Killer für ein paar Stunden vergessen. Ich will zu Frau Klaric. Ich brauche dringend ein paar Sachen. Denn wie es momentan aussieht, werde ich noch ein bisschen länger bei dir wohnen bleiben müssen."

Der Himmel über Wien war schwarz. Die Wolken entluden sich in einem heftigen Gewitter. Typisches Aprilwetter. Wir rannten die paar Meter hinüber zu Midinette.

Frau Klarics Laden war Orlandos Lieblingsgeschäft. Diese Schatztruhe voller Textilen, Haushaltswaren, Bücher und Antiquitäten faszinierte auch mich immer wieder. Der Geruch, diese betörende Mischung aus Kaffee, Kerzen, Vanille und Nivea, erinnerte mich an meine Kindheit.

Orlando stürzte sich sofort auf die wohlriechenden Badezusätze. Mein Repertoire an Körperpflegemittel war ihm wohl etwas zu dürftig. Ich bevorzugte Naturkosmetik, verwendete ausschließlich Produkte aus einer Apotheke, die auf reiner

Kräuterbasis beruhten und ohne chemische Zutaten hergestellt wurden. Solche Cremen hatte meine Großmutter früher selbst produziert. Sie hatte bis zu ihrem Tod eine schöne, glatte Haut gehabt.

Während sich Orlando weiter umsah, erzählte ich Frau Klaric von der versuchten Vergewaltigung im Möbelhaus Grünbeck. Bestürzt sah sie mich an, als ich erwähnte, dass dieser Typ mich gerade drüben im Haasbeisl belästigt hatte. Ich beschrieb ihr den Mann mit dem Baby-Face.

Sie bildete sich ein, ihn zu kennen. „So ein eher unscheinbarer, kindlich aussehender junger Mann mit stechendem Blick? Ja, ich glaube, das ist derselbe, der öfters um mein Geschäft herumstreicht. Er war noch nie bei mir herinnen, steht aber manchmal ewig lange vor meinen Auslagen und starrt auf die Damenunterwäsche. Sie haben recht, wahrscheinlich wohnt er irgendwo in der Nähe."

„Bitte hören Sie sich um. Wir müssen diesen Kerl finden, bevor er noch einmal zuschlägt."

Orlandos Lustschrei unterbrach unser Gespräch. Mit einem triumphierenden Lächeln reichte er Frau Klaric eine etwa zehn Zentimeter große Sisi-Figur aus Porzellan. Bat sie, diese in Geschenkspapier einzupacken. Ich schüttelte den Kopf und verdrehte die Augen zur Decke.

„Das ist mein Gastgeschenk für dich, mein Schatz", sagte er. „Damit du mich nie mehr vergisst!" Sein schmachtender Blick war einfach unwiderstehlich. Frau Klaric und ich brachen in schallendes Gelächter aus.

„Übrigens hat mich Ihr Chef vorhin besucht", sagte sie, als sie sich wieder beruhigt hatte.

„Welcher Chef?"

„Der Doktor Gergely."

„Ist er auch einer Ihrer Kunden?", fragte ich.

Sie nickte, verriet mir aber nicht, was er bei ihr gekauft hatte.

„Er hat viel Humor", sagte sie.

Ich blickte sie fragend an.

„Ich finde es wichtig, dass ein Mann Humor hat, dann sieht man ihm viele Fehler nach."

Ich wusste zwar nicht, worauf sie hinaus wollte, sagte aber nichts.

„Sie haben noch immer nicht mit ihm gesprochen, oder?"

Ich verneinte.

„Sie brauchen wirklich keine Angst vor ihm zu haben, egal, was die Leute sagen. Er ist halt kein typischer Wiener, sondern sagt, was er denkt. Aber wenn er will, kann er auch sehr charmant sein. Übrigens hat er mir erzählt, dass die Kriminalpolizei mittlerweile im ausländerfeindlichen Milieu ermittelt und dass er persönlich an der raschen Aufklärung dieser Mordserie interessiert sei."

Ich war nicht besonders überrascht, hatten wir doch gerade eine interne Dienstanweisung zu unserem Schutz und dem Schutz der Gäste von ihm bekommen. Wir durften nach der Sperrstunde die Lokale nur mehr zu zweit verlassen und sollten auch darauf achten, dass unsere Gäste, egal aus welchem der Lokale sie kamen, sicher auf die Margaretenstraße oder Schlossgasse hinausgelangten.

Kaum waren Orlando und ich zuhause, schaltete ich meinen PC ein. Ich wollte mich unbedingt über Tony Meyers und die Immobilienagentur, für die er arbeitete, informieren. Auf meinem Bildschirm erschienen komische Zeichen.

„Orlando, komm sofort her", rief ich.

Er hatte sich gerade ein Rosenöl-Bad eingelassen. Kam nur widerwillig und halb bekleidet zurück ins Wohnzimmer.

„Mein Laptop spinnt. Sieh dir das mal an."

Mit Unschuldsmiene beugte er sich über meine Schulter. „Da kann ich doch nichts dafür."

„Wer denn sonst", fauchte ich ihn an. „Anscheinend hast du es mit deinem stundenlangen Einloggen in diverse Schwulenporno-Seiten und Partnervermittlungen geschafft, uns einen Virus einzuhandeln. Du bist echt das Letzte!"

Seinen Beteuerungen, er sei völlig unschuldig an diesem Desaster auf meinem Laptop, folgte schließlich ein produktiver Ratschlag.

„Vielleicht sollten wir den Computer-Hilfsdienst aufsuchen?", fragte er kleinlaut.

Wortlos klappte ich meinen Laptop zu und sagte: „Zieh dich wieder an. Wir gehen sofort zu Ingenieur Held.“

Wir mussten ein bisschen warten. Michael Held war gerade mit einem anderen Kunden beschäftigt. Als ich ihm meinen Laptop reichte und ihm brühwarm erzählte, dass dieser Idiot an meiner Seite andauernd irgendwelche Sex-Hotlines und Ähnliches abgefragt hätte, lächelte er nur milde. Er bat uns, irgendwo einen Kaffee trinken zu gehen und in einer halben Stunde wiederzukommen.

19

Wir gingen in die Margareta. Genehmigten uns ein Bierchen und eine Portion Prosciutto an der Theke. Scheinbar interessiert schaute ich zu, wie mein Kollege Davide den San-Daniele-Schinken auf der Prosciutto-Maschine herunterradelte. Ich war stocksauer auf Orlando. Ignorierte ihn und unterhielt mich mit Davide.

Orlando bemühte sich, meine Aufmerksamkeit zurückzugewinnen. Machte aber den Fehler, mich erneut auf Tony Meyers anzusprechen.

„Warum glaubst du mir nicht, dass er mit der ermordeten Rechtsanwältin und der feschen Würstelstandsbesitzerin ein Verhältnis gehabt hat“, fragte er.

Ich antwortete nicht, schüttelte nur unwillig den Kopf. Ich hatte keine Lust, jetzt mit ihm über die Morde zu diskutieren. Außerdem war ich von Tonys Unschuld überzeugt. Er hatte einen Ständer gehabt, als wir im Haasbeisl miteinander geschmust hatten. Sexualmörder waren anders gestrickt. Die waren normalerweise impotent und mussten sadistisch und brutal agieren, um überhaupt einen hochzukriegen. Das wusste ich auch ohne Doktor Maders Hilfe.

Wir zahlten bald und gingen zurück zum Computer-Hilfsdienst. Herr Held hatte inzwischen mein Problem gelöst. Am liebsten wäre ich ihm um den Hals gefallen.

Er bot uns einen Kaffee an. Obwohl Orlando offensichtlich auf Nadeln saß, ließ ich mir Zeit mit meinem Kaffee. Wahrscheinlich konnte er es kaum mehr erwarten, seine Mails abzufragen. Momentan hielt sich mein Verständnis für seine Bedürfnisse allerdings in Grenzen.

Michael Held erzählte mir eine amüsante Geschichte über eine ältere Dame, die ihm vor zwei Jahren einen Laptop gebracht hatte mit der Bitte, alle gelöschten Mails wieder zum Vorschein zu bringen. Wie sich später herausstellte, hatte es sich um den Laptop ihres Mannes gehandelt. Herr Held nannte zwar keinen Namen, aber für mich stand bald fest, dass die Dame Angela Bischof gewesen war, und das Liebesgeflüster, das er wieder auf den Bildschirm zurückgebracht hatte, nicht ihr gegolten hatte, sondern einer Frau namens Tamara.

Orlando brach nun auf. „Ich probier den Laptop gleich aus, wenn's dir recht ist", sagte er scheinheilig.

Ich ließ ihn ziehen, grinste aber boshaft, sobald er aus meinem Blickfeld verschwunden war. Michael Held grinste ebenfalls. Ich hatte ihn vorhin, während sich Orlando bei den tollen neuen Notebooks in seinem Geschäft umgesehen hatte, gebeten, mir ein Passwort einzurichten. Orlando würde sich also umsonst bemühen, auf seine geliebten Pornoseiten zu kommen.

Nach der Rettung meines Laptops hatte ich Lust auf ein Eis. Mein erstes Eis im heurigen Jahr!

Vor der Gelateria versuchte mir ein junger Rom „Die bunte Zeitung" zu verkaufen. Ich lehnte dankend ab. Er bedrängte mich, versperrte mir den Weg. Ich erklärte ihm auf Romanes, dass ich prinzipiell nur Frauen diese erste österreichische Straßenzeitung abkaufen würde. Seine Verblüffung darüber, dass ich seiner Sprache mächtig war, legte sich rasch. Er wurde nun erst recht aufdringlich, ja beinahe zudringlich. Ich beschimpfte ihn und schob ihn einfach beiseite.

Die Lust auf ein Eis war mir vergangen. Ich genierte mich für meinen Wutanfall. Im Grunde hatte der Junge ja nur etwas zu übereifrig seinen Job gemacht.

Am späten Nachmittag wurde endlich das Zweier-Sofa vom Einrichtungshaus Grünbeck geliefert.

Mein Schulfreund Stefan Grünbeck wachte höchstpersönlich über den Transport. Ich erzählte ihm von dem Mann, der mich im Haasbeisl belästigt hatte. Nachdem ich ihn genauer beschrieben hatte, teilte er meine Überzeugung, dass der Mann mit dem Clown identisch war, der in seinem Geschäft über die Studentin hergefallen war.

Orlando quatschte immer dazwischen. Als wir schließlich auf Stefans Leidenschaft, die Architektur, zu sprechen kamen, wurde Orlando richtig unausstehlich. Anscheinend rivalisierte er mit Stefan Grünbeck, der Diplomingenieur war, denn er begann nun wieder damit anzugeben, von Herzmanovsky-Orlando abzustammen. Stefan meldete deutliche Zweifel an, blieb aber höflich, während Orlando immer aggressiver wurde. Ich merkte aber, dass auch Stefan nahe am Explodieren war. Als er kurz danach ging, war ich fast erleichtert. Ich fühlte mich heute nicht mehr imstande, einen Streit zwischen zwei meiner Freunde zu ertragen.

„Verdammter ...“, schimpfte Orlando.

„Das habe ich jetzt nicht gehört“, wies ich ihn zurecht.

Kaum waren wir allein, weihte Orlando das schicke Sofa ein. Er machte es sich der Länge nach bequem. Überließ mir großzügig die Chaiselongue, die eigentlich keinen Platz mehr in dem kleinen Wohnraum hatte.

„Und was machen wir jetzt?“, fragte Orlando.

„Ist dir fad oder was?“

„Ich kann ja nicht mehr ins Internet“, murmelte er schmollend.

Ich war nicht gewillt, ihm das Passwort zu verraten.

„Du kannst jederzeit deine Mails abfragen. Aber nur unter meiner Aufsicht“, sagte ich.

Er winkte ab. Begann wieder über Tony zu lästern: „Zwei von seinen Weibern ist er schon losgeworden. Und wer weiß, vielleicht hat er ja Anja auch auf dem Gewissen. Gesehen habe ich ihn jedenfalls mit ihr im Motto. Du willst doch nicht das vierte Opfer werden, oder?“

Ich warf ihm Eifersucht vor. „Du willst mich ganz für dich haben. Auch wenn du sexuell nichts von mir willst, soll ich ausschließlich für dich da sein, stimmt’s?“

Er schien mir nicht zugehört zu haben, schimpfte einfach weiter: „Keine Ahnung, warum ausgerechnet du dich, als echtes Proletenkind, zu solchen Parvenüs hingezogen fühlst."

„Weißt du was? Wenn du so weitermachst, kannst du dir bald einen neuen Unterschlupf suchen!" Wütend verließ ich meine Wohnung.

Ich hatte meinen zweiten Termin bei Dr. Mader in seiner Ordination oberhalb des Gergely's. Er begann sogleich, mich wieder über meine Eltern zu befragen. Ich stieg eher unwillig auf das Thema ein.

„Meine Mutter hat sich hin und wieder als Wahrsagerin betätigt und damit das dürftige Familieneinkommen aufgebessert. Ich glaubte natürlich nicht an diesen Quatsch. Rein theoretisch beherrsche ich all diese Tricks aber. Soll ich Ihnen mal aus der Hand lesen?", fragte ich ihn augenzwinkernd.

Er reagierte nicht auf meine provokante Frage.

„Mein vernünftiger Vater hat es nicht gern gesehen, wenn sich seine Frau als Hellseherin betätigte. Es kam deshalb oft zu Streitereien, aus denen meine Mutter immer als Siegerin hervorging. Sie schrie und heulte, und er zog sich meistens ins Schlafzimmer zurück. Sprach stundenlang kein Wort mehr mit ihr. Aber das schien sie nicht weiter zu stören, wusste sie doch, dass er nachher wieder angekrochen kommen würde. Wenn ich Zeugin dieser Szenen wurde, genierte ich mich immer für beide. Damals habe ich mir geschworen, niemals so zu werden wie meine Mutter. Als ich klein war, hing ich angeblich an ihrem Schürzenzipfel. Sie erdrückte mich fast mit ihrer Liebe. Als ich ins Gymnasium kam, wandte ich mich mehr meinem Vater zu. Ich bewunderte ihn, seine Intelligenz, sein Wissen, und bemühte mich, eher so zu werden wie er als wie meine temperamentvolle Mutter. Aber könnten wir dieses Thema jetzt lassen? Ich habe so viele Fragen an Sie bezüglich dieser schrecklichen Morde." Ich sah ihn bittend an. „Was ist das für ein Mensch? Was geht in einem Mörder vor? Was lässt ihn einen Mord begehen? Ich habe ihr Interview aufmerksam gelesen. Dennoch blieben viele Fragen für mich offen. Inzwischen gab es ja noch einen Mord, insgesamt vier, wenn man die arme Frau, die bei der Gasexplosion ums Leben kam, mitzählt. Ich nehme an, Sie zweifeln jetzt auch nicht mehr daran, dass es sich um einen Serientäter handelt."

Er sah mich nachdenklich an. „Ich bin mir nicht sicher. Die meisten Serientäter sind relativ jung und unscheinbare oder unattraktive Einzelgänger. Und sehr oft sind sie in der Nachbarschaft der Opfer zu suchen. Sie hatten eine schreckliche Kindheit, litten oft unter einer sehr herrschsüchtigen Mutter und haben eine unglaubliche Wut. Sie versuchen dann, sich an Frauen ganz generell zu rächen."

„Immer sind die Mütter Schuld", murmelte ich.

„Nein, das wollte ich damit nicht sagen. Tatsächlich versuchen viele Serienmörder es aber ihrer Mutter heimzuzahlen, indem sie Ersatzobjekte töten."

„So wie in ‚Psycho'?"

Er nickte lächelnd.

„Und sie suchen sich nur Opfer aus, mit denen sie meinen, leicht fertig zu werden. Das heißt, der Täter ist auf jeden Fall kräftiger und bildet sich womöglich auch ein, viel cleverer als das Opfer zu sein."

„Die Wurzeln für diese Grausamkeit liegen also zum Teil in der Kindheit?"

„Ja. Meistens waren die Täter einst selbst ohnmächtige Opfer. Bei allen Fällen von Serien- oder Lustmorden finden wir, wie gesagt, nur männliche Täter. Praktisch alle kommen aus kaputten sozialen und familiären Verhältnissen und sind durch Misshandlungen, sexuellen Missbrauch, Drogen, Alkoholkonsum oder die damit verbundenen Probleme dafür prädestiniert."

„Warum sind Serienmörder eigentlich fast immer Männer?", fragte ich.

„Nach meinen Erfahrungen kann ich nur sagen, dass Frauen solche traumatischen Erlebnisse eher zu verinnerlichen scheinen. Anstatt andere zu schlagen, neigen sie dazu, sich selbst mit Alkohol, Drogen oder gar durch Selbstmord zu vernichten. Aber lassen Sie mich ein paar Fragen stellen, damit ich mir selbst klar werde, ob es sich hier um einen klassischen

Fall von Serienmord handelt oder nicht. Nahm die Grausamkeit von Mord zu Mord zu?“

„Kann man nicht behaupten“, sagte ich zögernd.

„Das spricht eher gegen einen Serientäter. Eine Steigerung, was die Brutalität betrifft, lässt sich in fast allen Fällen von Serienmorden feststellen. Außerdem ist es für eine Profilerstellung wichtig, ob der Täter ein Verbrechen arrangiert oder inszeniert. Inszeniert wird, um die Ermittler in die Irre zu führen. Der Mörder will sie etwas anders glauben machen, als wirklich geschehen ist. Etwas zu arrangieren wäre eher die ganz bestimmte Handschrift eines Mörders: Das Opfer, die Leiche wird arrangiert, wie ein Gegenstand zurückgelassen, der uns eine Nachricht übermitteln soll. Dabei handelt es sich um ein Verbrechen aus Wut und Machtdemonstration. Fast kommt es mir vor, als würde dieser Täter beides tun, sowohl inszenieren als auch arrangieren.“

Obwohl ich nicht genau begriffen hatte, wovon er sprach, nickte ich beflissen.

„Wurden die Leichen zerstückelt? Das würde zum Beispiel auf fetischistische oder sadistische Phantasien des Täters hinweisen.“

„Nein.“

„Gehen wir die drei Morde, die es bisher gegeben hat, noch mal durch. Lassen Sie uns auf die Analyse des Tatorts und des Opferverhaltens zurückkommen. Warum wurden ausgerechnet diese Frauen aus allen potentiellen Opfern ausgewählt? Wie wurden sie ermordet? Erst nach diesen beiden Fragen können wir uns die eigentliche Frage stellen: Wer hat sie ermordet? Beginnen wir mit dem letzten Mord.“

„Dem Mord im Filmcasino?“

„Ja. Normalerweise muss man sehr kräftig sein, um jemanden erwürgen zu können. In diesem Fall hat der Täter vorher K.o.-Tropfen eingesetzt. Das heißt, er ist nicht außergewöhnlich kräftig oder hat kein Vertrauen in die Kraft seiner Hände. Strangulationen zählen übrigens zu den sogenannten „sanften Morden“. Dies könnte auch ein Hinweis darauf sein, dass es sich bei dem Täter um eine Frau handelt. Ich halte das aber eher für unwahrscheinlich. Es bedarf schon gewisser körperlicher Kräfte, um einen menschlichen Körper ans Steuer eines Wagens zu befördern, wie es beim zweiten Mord der Fall war."

„Frauen, das schwache Geschlecht", spottete ich. Er sah mich leicht belustigt an.

„Beim zweiten Mord ist der Tatort höchstwahrscheinlich nicht identisch mit dem Fundort der Leiche. Mich erinnert die Ermordung der Juristin übrigens an die Todesstrafe. In einigen US-amerikanischen Bundesstaaten werden die Delinquenten ja nach wie vor mit einer Todesspritze hingerichtet."

Mir fiel ein, dass Orlando eine ähnliche Vermutung geäußert hatte.

„Die Tote im Bacherpark hatte einen Würstelstand, oder? Und sie wurde mit einer Rumflasche erschlagen. Ihr Mantel bedeckte ihren Kopf, ließ aber ihre Sexualorgane entblößt. Das deutet darauf hin, dass der Täter wegen dieses Mordes Schuldgefühle hatte. Er konnte ihr nach der Tat nicht in die Augen sehen. Anscheinend hat er überhaupt ein Problem mit den Blicken der Toten. Sonst hätte er der Rechtsanwältin die Injektionsnadel nicht ins Auge gestochen. Andererseits hat er Ilona halbnackt liegen gelassen, was ein Signal für seine Moralvorstellungen sein könnte, so unter dem Motto: Diese Frau war eine Hure und hat nichts Besseres verdient."

„Oh mein Gott, entschuldigen Sie, dass ich Sie unterbreche. Sie können es ja nicht wissen. Es gab sehr wohl einen Hinweis auf sexuelle Gewalt. Aber das hat die Polizei der Öffentlichkeit nicht bekannt gegeben. In Ilonas Vagina steckte ein abgebrochener Flaschenhals."

Selbst Dr. Mader schaffte es jetzt nicht mehr, seinen freundlichen Gesichtsausdruck beizubehalten. Angeekelt sah er mich an.

„Sie glauben, ich erfinde das?", fragte ich ihn empört.

„Nein, natürlich nicht."

Wir schwiegen beide eine Weile.

„Diese Brutalität verrät uns viel über die unheimliche Wut, den immensen Hass, den der Täter auf diese Frau gehabt haben muss", sagte er schließlich.

„Aber warum hat er Orlando zu ermorden versucht?"

„Ihr Freund arbeitet als Barkeeper im Motto und wurde mit einem Ice Pick attackiert, oder? Die Stiche und der Überraschungsangriff von hinten sagen mir zum Beispiel, dass wir es mit einem ungeselligen, wenn auch nicht unbedingt asozialen Typen zu tun haben, der eher zurückgezogen lebt und unsicher ist. Meiner Erfahrung nach nutzen schwache Menschen oft die Möglichkeit, ihre Schwäche zu kompensieren, etwa indem sie jagen oder mit Waffen und Messern herumspielen. Diesen Überraschungsangriff haben alle Fälle gemeinsam. Und das ist wiederum ein deutlicher Hinweis, dass der Täter seine Opfer nur kontrollieren konnte, wenn er sie überwältigt hatte, bevor sie reagieren konnten. Das erste Opfer wurde von hinten erschlagen. Ebenfalls ein total unerwarteter Angriff. Die Adrenalinspritze, mit der er die Anwältin tötete, wirkte sehr schnell. Und im dritten, für ihn vielleicht schwierigsten Fall machte er die Frau vorher wehrlos. Eine Strangulation während einer Kinovorstellung wäre sonst sicher nicht ohne massive und lautstarke Gegenwehr des Opfers durchzuführen gewesen. Wahrscheinlich sollten wir den Tatwaffen mehr Augenmerk schenken. Es handelt sich um relativ ungewöhnliche Mordwaffen. Vielleicht sollten wir uns auch eingehender mit dieser Gasexplosion beschäftigen, bei der ja ebenfalls eine junge Frau ums Leben gekommen ist. Erinnern Sie sich, was ich bei unserem letzten Gespräch über die Mordtriade gesagt habe? Brandstiftung gehört ebenso dazu wie Bettnässen und ..."

Aggressives Läuten unterbrach seine letzten Worte. Ich hatte die Sitzung bei ihm wieder überzogen. Rasch verabschiedete ich mich und ging hinunter zum Silberwirt.

20

Der Gastgarten war nach dem heftigen Regenschauer menschenleer. Ich ging an die Theke. Ließ mir von Markus ein Margaretnerbier geben und setzte mich hinaus an einen der Tische unterm Dach, genau unter das Bild mit den vielen süßen

Engerln von Raja Schwahn-Reichmann. Die Luft war herrlich kühl, reingewaschen durch den Regen.

Plötzlich vernahm ich Musik. Ein Fenster in Gergelys Wohnung stand offen. Er spielte auf seinem Klavier. Und er spielte Musik, die mir vertraut war. Ich hatte keine vergleichbare Melodie im Ohr, hatte nur das Gefühl, ich hätte diese Töne schon mal gehört. Zigeunerweisen? Ich wusste, dass auch er ungarische Vorfahren hatte. Allerdings befand sich bestimmt kein Rom darunter.

Ich lehnte mich zurück, legte meine Beine auf den Sessel neben mir, zündete mir eine an und schloss die Augen. Längst vergessen geglaubte Bilder tauchten auf. Auch ich hatte einmal geliebt. Aber dass es Liebe war, hatte ich erst viel später, als es längst vorbei war, begriffen.

Ein lauschiger Abend im Frühsommer. Ich hatte gerade die Matura bestanden und war zu meinen Verwandten gefahren, die in einem Dorf außerhalb von Budapest lebten. Sie feierten ein Fest am Donauufer. Sie feierten nicht wegen mir, sondern den Beginn des Sommers.

Der Himmel war bedeckt. Die Schwüle unerträglich. Heerscharen von Gelsen machten sich über uns her. Das Gulasch garte in dem großen schwarzen Kessel vor sich hin. Ich hielt mich von der offenen Feuerstelle fern. Mir war ohnehin schon heiß genug.

Ich hatte das Gefühl, mir die Zunge zu verbrennen, als ich es dann kostete. Die Frauen hatten extrascharfe Paprikawurst, Chili, Piment und zuletzt Muskat hinzugegeben. Nach ein paar Bissen gewöhnte ich mich an die Schärfe. Trank einfach mehr Bier als sonst. Alle tranken zu viel, aßen zu viel und rauchten zu viel. Zur Feier des Tages rauchten wir alle Zigarren.

Nach dem Essen begann ein alter Mann aus dem Stegreif zu singen. Seine Stimme war kehlig und spröde. Mich faszinierte die Verzweiflung, die aus seinem Vortrag sprach. Ein paar jüngere Männer begleiteten seinen Gesang mit Zungenschnalzen und Fingerschnippen. Einer holte sogar seine Mundharmonika hervor und entlockte ihr sehnsüchtige Töne. Die Musik, die

Zigeuner zu ihrer eigenen Unterhaltung machen, hat mit der Musik, die sie zum Gelderwerb spielen, nicht viel gemeinsam.

Plötzlich stimmte eine wundervolle Frauenstimme „Djelem“ an. Ein Mezzosopran mit einem intensiven, fast rauchigen Timbre, das mich an Zarah Leander erinnerte. Sie sang die Nationalhymne aller Roma so feurig und voll brennender Leidenschaft, dass alle anderen fast ehrfürchtig lauschten.

Toto, der die ganze Zeit nicht von meiner Seite gewichen war, flüsterte mir ins Ohr: „Lass uns abhauen. Ich halte dieses schwülstige Zeug nicht aus.“

Ich wusste, dass Toto ein ausgezeichneter Musiker war. Er spielte Gitarre, begeisterte sich für Jazz. Träumte davon, Mitglied bei einer der bekannten Lowara-Jazzgruppen zu werden.

Toto und ich hatten schon als Kinder zusammen am Ufer der Donau gespielt. Toto war sein Spitzname. Alle Zigeunerkinder erhielten Spitznamen, die nur den Zigeunern bekannt waren und vor der übrigen Bevölkerung und vor den Behörden geheim gehalten wurden. Mein Spitzname war Tschirikli, was Vogel hieß und wahrscheinlich mit meinem Nachnamen Kafka, der ja in leicht veränderter Schreibweise Dohle bedeutete, zusammenhing. Totos richtiger Name war Tony.

Plötzlich musste ich grinsen. Endlich war mit klar, warum mir dieser Tony Meyers so gut gefiel, obwohl er ja offensichtlich ein kleines Arschloch war. Er hieß nicht nur so wie meine erste große Liebe, sondern sah Toto auch ein bisschen ähnlich. Tony hatte die gleichen hellbraunen Augen, deren Farbe sich je nach Licht änderte, und die gleichen dichten schwarzen Haare. Auch sein Körper war Totos sehr ähnlich. Beide waren schlank, aber muskulös, hatten kräftige Oberkörper und durchtrainierte Beine.

Die Luft damals am frühen Abend am Donaustrand war erfüllt von sanften Tönen. Toto und ich gingen spazieren. Wir hielten uns an den Händen. Ich war gehemmt, schaute ihn nicht an. Mein Körper war unschlüssig und träge. Einerseits war ich wild entschlossen, in diesem Sommer meine Unschuld loszuwerden, andererseits hatte ich große Angst vor diesem bedeutsamen Ereignis. Alle meine Wiener Freundinnen schwärmten vom Vögeln. Nur ich hatte bisher keine sexuellen Erfahrungen gemacht. Ich kam mir wie eine alte Jungfer vor.

Wir setzten uns ins feuchte Gras unter einer großen Weide, deren Zweige bis in den Fluss ragten. Toto begann mit meinen Fingern zu spielen wie ein Kind. Als er meine Handflächen berührte, spürte ich, wie sich mein Körper anspannte.

Ich sah ihm nach wie vor nicht ins Gesicht, als ich sagte, und es klang eher nach einer Frage: „Du wirst mir nicht weh tun."

„Ich liebe dich", sagte er.

Verlegen begann ich zu lachen. Toto lachte nicht. Er drehte eine Zigarette für uns.

Ich starrte demonstrativ auf den großen Fluss. War total angespannt, rutschte sogar ein Stück von ihm weg, damit sich unsere Körper nicht berührten. Unberechenbare Resonanzen strömten durch meinen Kopf.

Plötzlich begann ich wild um mich zu schlagen. Tausende Gelsen hatten es auf mein süßes Blut abgesehen. Toto reichte mir seine Zigarette. Das Nikotin beruhigte mich. Der Rauch vertrieb die Biester.

Wir sprachen nicht miteinander. Irgendwann nahm er mein Kinn in seine Hand. Zwang mich, ihn anzusehen, sah mir lange in die Augen.

Lyrische Klänge begleiteten unseren ersten wirklichen Kuss. Er küsste mich sehr zärtlich. Berührte meine Lippen ganz sanft mit seinen und ließ seine Zunge langsam in meinen Mund gleiten. Liebevoll streichelte er meine Wangen, meinen Hals, meinen Nacken. Als seine Hände meine Brüste umfingen, meinen Bauch berührten und zwischen meine Schenkel glitten, spürte ich, wie ein Schauer über meinen Rücken lief.

Ich ließ mich von ihm ausziehen, erwiderte aber seine Zärtlichkeiten nicht. Erst als er nackt neben mir lag, strich ich mit meinen Fingerspitzen über seine Brust und berührte mit meinen Lippen seinen Hals. Seine behaarte Brust erregte mich. Aber ich wusste nicht, was ich mit seiner Erektion anfangen sollte.

Er nahm meine Hand, führte sie zu seinem Schwanz. Ich war verwirrt. Fasste ihn ganz zögerlich an, ließ meine Hand mehr oder weniger mechanisch auf und ab gleiten.

Er umfing meine Brustwarzen mit seinen Lippen, liebkoste sie mit seiner Zunge. Meine Erregung, die inzwischen jede Faser meines Körpers erfasst hatte, ließ mich leidenschaftlicher werden. Ich streichelte seinen Rücken, seinen Hintern und packte schließlich auch seinen Schwanz etwas fester an.

Die romantische Musik brachte mich fast zum Weinen. Toto schien die Musik ebenfalls zu hören. Er legte sich auf mich und sein Becken bewegte sich im Rhythmus der sinnlichen Klänge. Als er in mich eindrang, schrie ich auf vor Schmerz. Es war ein trockener, brennender Schmerz, wie wenn man sich die Knie oder die Ellbogen aufscheuert.

Er regte sich kaum, bewegte sich nur ganz sanft in mir. Meine Verspanntheit ließ nach. Ich war nun bereit, ihn aufzunehmen. Wir hielten uns fest umarmt. Ich hatte meine Beine um seine Taille geschlungen. Meine Hüften drängten sich ihm entgegen. Er drückte sie mit seinen Händen nach unten, umfasste meinen Hintern und fuhr fort, sich langsam in mir zu bewegen.

Plötzlich wurden seine Stöße heftiger. Ich spürte wieder dieses Brennen von vorhin und gab leise schluchzende Laute von mir.

Bald darauf stieß auch er merkwürdige kleine Schreie aus. Seine leisen Ausrufe vermischten sich mit meinen ängstlichen Protestschreien.

Klänge von bemerkenswerter Ausdruckskraft und leuchtender Farbigkeit drangen plötzlich an mein Ohr. Gleichzeitig wurden seine Stöße kräftiger und schneller, erinnerten mich an Csárdásrhythmen. Ich schloss die Augen, vernahm Zymbalklänge und nicht vorhandene Streicher. Die romantischen Klänge bekamen einen tragischen, fast sentimentalen Einschlag. Unter starken Moll-Eintrübungen zog er seinen Schwanz aus mir raus, stöhnte ein letztes Mal laut und ließ sich auf mich fallen.

Mein Bauch fühlte sich plötzlich ganz glitschig, ja fast klebrig an. Zitternd glitt er von mir runter. Legte sich wieder neben mich und schloss seine Arme um meinen Körper.

Ich weinte leise. Weinte vor Erleichterung oder Sehnsucht nach mehr.

Wir lagen eine Weile, unsere Gliedmaßen ineinander verschlungen, auf dem feuchten Gras. Er küsste die Tränen von meinen Wangen und liebkoste meine Stirn, meine Augen, meinen Mund.

Erstaunt blickte ich ihn an. Ich konnte nicht glauben, dass das alles gewesen war. Ich war nicht wirklich enttäuscht, aber auch nicht euphorisch.

Als sich sein Mund meiner Scham näherte, zuckte ich zusammen. Ich war doch nun unrein, musste geblutet haben. Außerdem musste er seinen eigenen Saft riechen und schmecken, auch wenn er ihn auf meinem Bauch verteilt hatte. Es schien ihn nicht zu stören. Er leckte meine Möse, spielte mit ihr, bis ich leise aufstöhnte.

Meine Arme und Beine waren ausgestreckt und angespannt. Plötzlich begannen sie zu zucken, schwach und kraftlos.

„Nein, bitte nicht, Toto", stammelte ich.

Er ignorierte meine Worte. Fuhr fort, mich mit seiner Zunge zu liebkosen, und ließ seine Finger spielend über meine Brüste gleiten. Ich sprach auf seine Finger und seine Zunge besser an als auf seinen Schwanz. Flüchtige Zuckungen überfielen mich. Ich erschauderte und stieß erneut komische Schreie aus, die in immer schnellerer Abfolge erklangen.

Sein Mund und seine Zunge dienten nur meiner Lust, waren eine einzige Liebeserklärung an mich und meinen Körper. Ich kam mir vor wie eine Tänzerin, die nach den Klängen eines Tamburins herumwirbelte. In Wirklichkeit bewegte ich mich kaum. Nur die Muskeln an meinen Schenkeln zuckten wie wild. Die Ungeduld meiner Haut, meiner Brüste, meiner Scham wurde von gewaltigen Hitzewellen begleitet. Mein ganzer Körper begann zu zittern, bis ich schließlich nur mehr reine Lust, nichts als Lust empfand.

Ich bat ihn, ja nicht aufzuhören. Keuchend und schweißnass stieß ich heisere Rufe aus. Plötzlich verfügte ich über ungeheure Kräfte. Eine Art heiliger Zorn erfasste mich. Ich bäumte mich auf, fiel zurück, schüttelte mich und hatte zunächst stöhnend, dann schreiend den ersten Orgasmus meines Lebens.

Ich dämpfte meine dritte Zigarette aus. Fast wie in Trance wankte ich nach Hause.

Orlando lag im Bett und schaute sich im Fernsehen irgendeine doofe Talk-Show an. Er war immer noch sauer auf mich.

Ich hatte keine Lust auf eine langwierige Aussprache. Bat ihn, den Fernsehapparat leiser zu stellen, ging mich duschen und danach ebenfalls zu Bett.

Um zwei Uhr nachts klingelte mein Telefon. Obwohl ich ahnte, dass es wieder dieser Spinner war, hob ich ab.

Die Stimme klang anders als die gestrige. Der Typ schien heiser zu sein. Ich zweifelte trotzdem nicht daran, dass es sich um denselben Anrufer handelte. Dieses Mal gab er ausschließlich Schimpfworte wie „geiles Luder", „dreckige Zigeunerin" und ähnliche Liebenswürdigkeiten von sich.

Orlando war aufgewacht. Er sprang sofort auf, lief in die Küche und machte mir einen nervenberuhigenden Tee. Als wir dann nebeneinander auf dem neuen Schlafsofa saßen, fragte ich ihn: „Weißt du, was das für ein Gefühl ist, mitten in der Nacht angerufen und aufs Ordinärste beschimpft zu werden?"

„Weiß ich. Passiert mir leider öfter", sagte er.

„Ja, aber dich bedroht keiner."

„Hast du eine Ahnung!"

Wir leerten ein Stamperl kubanischen Rum in unseren Gute-Nacht-Tee und prosteten uns zu. Das Telefon ließen wir einfach läuten.

5. Akt

21

Am späten Vormittag rief Tony Meyers an. Trotz Orlandos Gerede willigte ich ein, ihn abends auf das Frühlingsfest im Schlossquadrat zu begleiten. Allerdings war ich misstrauisch. Kommerzialrat Schramm und Orlando hatten sich die Geschichten über Tonys Affären mit Vera, Ilona und Anja sicher nicht aus den Fingern gesogen. Ich bat Orlando, mitzukommen und Tony im Auge zu behalten. Sollte er Recht haben mit seinem Verdacht, dann würden wir Tony Meyers heute Nacht der Morde überführen.

„Du willst den Lockvogel spielen, Katharina? Das erlaube ich nicht“, entrüstete sich mein kleiner Freund. Manchmal fand ich ihn richtig bezaubernd.

„Geh, hör auf, was soll mir denn schon mitten unter all den vielen Menschen passieren? Außerdem wirst du ja auf mich aufpassen“, sagte ich.

Dann rief ich Bezirksvorsteher Wimmer an und bedankte mich für sein Engagement.

Er beteuerte, mit Orlandos Freilassung nichts zu tun gehabt zu haben. Bevor er auflegte, fragte er mich: „Sehen wir uns heute Abend beim Frühlingsfest im Schlossquadrat?“

„Siehst du, der Bezirksvorsteher wird auch zum Fest kommen. Also mach dir keine Sorgen um mich“, sagte ich zu Orlando, der bei offener Badezimmertür gurgelte.

Mittags gingen Orlando und ich gemeinsam zum Friseur Werner Pranz in der Rechten Wienzeile. Orlando wollte seine Sisi-Perücke aufmotzen lassen. Ich wollte mir nur die Haare schneiden lassen.

Mirjam, die Leiterin des Damensalons, riet mir zu ein paar Strähnchen. Ich sah sie skeptisch an. Orlando hatte mir erzählt, dass die Mitarbeiter im Salon Pranz fachlich bestens geschult waren. Selbst Mirjam, eine sehr erfahrene Friseurin, nahm nach wie vor an Fortbildungskursen teil.

„Okay. Ich vertraue Ihnen. Machen Sie mit meinen Haaren, was Sie wollen“, sagte ich schließlich.

Ich ging höchst selten zum Friseur. Keiner hatte es bisher geschafft, meine rote Lockenpracht zu zähmen.

„Als Kind hab ich Zöpfe gehabt. Meine Freundinnen haben mich Pippi Langstrumpf genannt“, sagte ich zu Mirjam.

„Du warst sicher unheimlich süß“, zwitscherte Orlando. Er stand neben mir und beobachtete fasziniert jeden Handgriff.

„Süß ist wohl nicht das richtige Wort. Ich war ein sportliches und angeblich sehr mutiges kleines Mädchen. Später hoch aufgeschossen und voller Hemmungen.“

Werner Pranz hatte jede Menge berühmte Stammkunden. Schauspieler, Musical-Stars und bekannte Fußballspieler gingen bei ihm ein und aus. Inzwischen beschäftige er zwölf Angestellte, hatte Orlando stolz erwähnt.

Als sich Herr Pranz kurz zu uns gesellte, erinnerte ich ihn daran, dass ich als Kind öfter mit meinem Großvater hier gewesen war. Damals hatte das Geschäft seiner Mutter gehört und ganz anders ausgesehen.

In den letzten Jahren hatte ich mir meine Haare selber geschnitten. Danach sahen sie auch aus. Missmutig betrachtete ich mich in dem großen Spiegel vor mir.

„Kann man diese blöden Locken irgendwie glatt kriegen?“, fragte ich.

Mirjam und Werner Pranz lächelten sich an.

Orlando wurde, trotz seines Protestes, in die Herrenabteilung verwiesen. Kurz danach kehrte er zurück und setzte sich neben mich.

„Weißt du, wer dort drüben sitzt?“, fragte er mich und funkelte mich begeistert an. „Der berühmteste Glatzkopf von Wien! Der Göbel ist echt geil.“

„Ja, ja, ich weiß, du bist prominentengeil“, sagte ich und informierte mich in einem Klatschmagazin weiter über die Eheprobleme von Angelina Jolie und Brad Pitt.

Mirjam schlug vor, meine Naturlocken mit einem Glätteisen zu bändigen. „Das Glättungsprodukt hält leider nur bis zur nächsten Haarwäsche“, sagte sie.

Plötzlich entdeckte ich ein bekanntes Gesicht im Spiegel. Angela Bischof stand hinter mir und debattierte aufgeregt mit Werner Pranz. Ich bekam mit, dass sie einen Herrenhaarschnitt verlangte, sich jedoch weigerte, im Herrensalon Platz zu nehmen.

„Ihre Frau Mama würde entsetzt sein, wenn sie wüsste, wie Sie mich behandeln", echauffierte sich Angela Bischof. „Ich bin eine Stammkundin, komme seit vierzig Jahren in Ihren Salon. Aber so was wie heute ist mir noch nie passiert. Sie haben mir einen Termin um 14 Uhr gegeben und jetzt sitzt so eine kleine schwule Schlampe auf meinem Stuhl", empörte sie sich.

Ein Blick in ihre glasigen Augen und ich wusste, dass sie nicht mehr ganz nüchtern war.

Orlando grinste sie unverschämt an. Doch plötzlich verschwand das Grinsen aus seinem Gesicht. Während sie weiter auf Werner Pranz einredete, fiel mir auf, dass Orlando ihr durch den Spiegel immer wieder irritierte Blicke zuwarf.

„Kennst du sie?", flüsterte ich ihm ins Ohr.

„Ja. Sie hat mir im Motto mal eine Szene gemacht, weil ich ihr nicht sagen wollte, mit welcher Tussi ihr Mann am vorigen Abend dort war."

„Sie brauchen nicht über mich zu tuscheln. Sagen Sie laut, was Sie zu sagen haben", herrschte uns Angela Bischof an.

„Blöde Zicke", murmelte Orlando und rief dann lautstark: „Thomas, wo bleibst du? Ich möchte endlich bedient werden."

Ich bewunderte die Geduld von Werner Pranz. „An Ihrer Stelle hätte ich diese beiden lästigen Kunden längst rausgeschmissen", sagte ich leise zu ihm.

Zum Glück bat Mirjam mich nun in die Färberei. „Ich würde vorschlagen, dass wir die grauen Haare mahagonifarben machen. Oder möchten Sie lieber granatrot leuchtende Strähnen?"

„Fragen Sie mich bitte nicht. Machen Sie mir einfach irgendwelche Strähnen, okay?"

„Lass dir so leuchtende rötliche Changierungen machen, das sieht echt heiß aus", rief Orlando mir nach.

Mirjam verwendete verschiedene Schattierungen von Rot und machte auch keine 0815-Strähnen, sondern wendete eine spezielle Painting-Technik an. Zeichnete die dunklen Töne wie eine Malerin in mein Haar.

Ich bekam mit, dass Thomas es schaffte, Orlando in den Herrensalon zu locken. Angela Bischof nahm mit befriedigtem Gesichtsausdruck in seinem Stuhl Platz.

Werner Pranz kam zu mir und sagte lächelnd: „Alles geklärt. Übrigens hat uns Herr Gergely gerade verlassen."

„Er ist auch ein Kunde von Ihnen?"

„Ja, schon seit vielen Jahren."

Herr Pranz und ich kamen dann unweigerlich auf die Morde zu sprechen. Leider schien er weder das Baby-Face noch Tony Meyers zu kennen.

Als ich in die Damenabteilung zurückkehrte, setzte man mich neben Angela Bischof. Sie tat, als wäre vorhin nichts gewesen. Wahrscheinlich war sie so betrunken, dass sie sich an nichts mehr erinnerte. Jedenfalls begrüßte sie mich nun sehr freundlich.

Da sie gelangweilt in der Bezirkszeitung herumblätterte, fragte ich sie, ob sie heute Abend auch aufs Frühlingsfest gehen würde.

„Was sollte ich dort?" Sie schaute mich verächtlich an. „So kurz wie möglich, habe ich gesagt", fuhr sie die nette Friseurin an. „Dort, wo ich demnächst hinfahren werde, herrschen ziemlich rückständige hygienische Bedingungen."

„Sie wollen verreisen?", fragte ich neugierig.

„Ja."

„Wohin, wenn ich fragen darf?"

„Dürfen Sie nicht", sagte sie knapp und widmete sich wieder dem Bezirksjournal. Nach einer Weile sprach sie mich jedoch an.

„Diese armen Klarissinnen", sagte sie völlig unvermittelt. „Ich war heute früh in ihrer gespenstischen Kirche und dort liefen lauter Mäuse rum. Angeblich haben sie auch eine regelrechte Rattenplage im Kloster. Diese ekelhaften Viecher kommen aus dem Wienfluss durch die Kanäle bis zu uns rauf."

„Sind das nicht die Nonnen mit dem Schweigegelübde?", murmelte ich in der Hoffnung, sie würde ebenfalls wieder schweigen.

„Sie heißen Katharina mit Vornamen, nicht wahr?“, fragte sie mich.

Ich nickte.

„Ihre Namenspatronin war nicht zufällig die Heilige Katharina von Bologna?“

Mir blieb nichts anderes übrig als wieder zu nicken. Ich wusste nicht, worauf sie hinauswollte.

„Dann haben Sie mit den Klarissinnen ja was gemeinsam“, sagte sie. „Die Heilige Katharina gründete zwei Klarissinnenklöster in Italien. Aber sie war nicht nur eine fromme Frau, der mehrere Wunder zugeschrieben wurden, sondern auch eine große Künstlerin. Spielte Viola und widmete sich der Miniaturmalerei.“

„Ich habe bisher immer geglaubt, die Heilige Katharina wäre die Schutzheilige der unverheirateten Frauen und der Geschworenen“, warf ich ein.

„Wer hat Ihnen denn diesen Quatsch erzählt? Ihre verrückte Zigeuneroma?“ Bevor ich sie scharf zurechtweisen konnte, fuhr sie belehrend fort: „Die Anbetungsschwestern dürfen nicht reden. Was eigentlich gar keine so schlechte Idee ist. Es wird ohnehin viel zu viel Blödsinn gequatscht. Wahrscheinlich dürfen diese frommen Frauen nicht einmal ein paar Mäuse oder Ratten umbringen, denn auch sie sind Geschöpfe Gottes. Außerdem haben die Klarissinnen viele Klöster in Indien, und dort gelten die Ratten ja als heilige Tiere.“

„Mir ekelt schrecklich vor Ratten“, sagte ich.

Frau Bischof musterte mich von oben bis unten. „Für ein Zigeunerkind sind Sie ziemlich zimperlich“, sagte sie hochnäsig.

Ich bemerkte, wie meine Wangen heiß wurden. Wenn sie noch einmal dieses Wort so abfällig in den Mund nahm, würde ich ihr mein Klatschmagazin um die Ohren hauen.

Völlig unbeirrt fuhr sie fort: „Ich bin auf einem Bauernhof in Niederösterreich aufgewachsen. Als Kinder haben wir diese Viecher immer gejagt, und wenn wir eine Ratte erwischten, haben wir sie angezündet und bei lebendigem Leib verbrannt.“

Ich bekam ein flaues Gefühl im Magen. Zum Glück kam Werner Pranz nun zu mir und fragte mich über den Mann aus, der mich auf der Toilette des Haasbeisl belästigt hatte.

Als ich auf die auffälligen Schuhe dieses sonderbaren Menschen zu sprechen kam, mischte sich Angela Bischof wieder ein: „Inzwischen tragen viele Leute vernünftiges Schuhwerk von Vega Nova. Sogar ich zieh manchmal diese bequemen, aber nicht gerade eleganten Schuhe von ‚Think' an!"

Mit einem koketten Augenaufschlag zeigte sie Herrn Pranz ihre Füße, die in etwas altmodisch anmutenden Schnürschuhen steckten.

Werner Pranz schien ihr zu gefallen. Sie ließ ihn nicht mehr weg, überschüttete ihn nun mit Fragen zu den furchtbaren Morden. Meistens gab sie sich die Antworten gleich selbst.

„Hat denn bisher keiner daran gedacht, dass vielleicht die Hell's Angels aus der Gartengasse dahinterstecken könnten?"

„Sie meinen die Motorradfahrer, die in dem hübschen Biedermeierhäuschen in der Siebenbrunnengasse, Ecke Gartengasse wohnen?", fragte ich.

„Ja genau. Die erfreuen sich doch eines gewissen Rufes, was Morden und Vergewaltigen betrifft", sagte sie zynisch.

„Das sind nichts als Vorurteile", sagte ich verärgert. Auf generelle Verurteilungen reagierte ich immer empfindlich. Ich hatte diese auf Grund meiner Herkunft oft genug selbst erlebt.

Meine Haare waren inzwischen perfekt gestylt. Ich nahm im Vorraum Platz. Zufrieden betrachtete ich mich im Spiegel. Mein Haar war einige Zentimeter kürzer, hatte frische rote Schattierungen und war vor allem wunderbar glatt.

Orlando hatte mich gebeten, auf ihn zu warten. Es hatte ein kleines Problem mit den falschen Diamanten für seine Perücke gegeben. Der Lehrling hatte sie erst von einem Geschäft in der Hamburger Straße holen müssen.

Ich saß genau unter dem Lautsprecher. Plötzlich wurde die Musik auf Radio Wien wegen Sondernachrichten unterbrochen.

„Ein entlassener Häftling aus der Sonderstrafanstalt für geistig abnorme Rechtsbrecher am Mittersteig, der fünfzehn Jahre wegen der grausamen Ermordung seiner Frau abgesessen hat, gestand heute Mittag der Wiener Kriminalpolizei, während einer seiner Freigänge die Besitzerin des Würstelstands am Margaretengürtel umgebracht zu haben. Die junge Ungarin hätte ihn an seine treulose Frau erinnert. Der angebliche Täter sprach ziemlich wirr. Allerdings gestand er, der jungen Frau den abgebrochenen Hals der Rumflasche, mit der er sie erschlagen hatte, in die Vagina gesteckt zu haben. Dieses schreckliche Detail hatte die Kriminalpolizei bisher nicht an die Öffentlichkeit weitergegeben. Allerdings bestritt der Mann vehement, die bekannte Wiener Rechtsanwältin Vera Navratil ermordet zu haben. Inzwischen wurde Radio Wien darüber informiert, dass der vermeintliche Täter vor etwa einem Jahr Vera Navratil als Anwältin engagiert hatte, um seine baldige Haftentlassung durchzusetzen. Als sie ermordet wurde, war er zwar bereits in Freiheit, er konnte aber für die Tatzeit ein Alibi vorweisen." Der Bericht endete mit der Bemerkung: „Die Polizei überprüft nun fieberhaft seine Freigänge und sein Alibi für den Mord an der Margaretner Anwältin."

Ich bat Herrn Pranz, der die letzten Worte des Nachrichtensprechers gehört hatte, rasch auf Ö1, das erste Programm des Österreichischen Rundfunks, umzuschalten. Dort kamen nun die Nachrichten zur vollen Stunde.

Ö1 berichtete ebenfalls über das Geständnis des vermeintlichen Frauenmörders von Maragreten und brachte ein kurzes Statement einer Psychiaterin, die sich mit geistig abnormen Rechtsbrechern beschäftigte. Sie stellte die Vermutung an, dass es sich womöglich um ein falsches Geständnis handeln könnte: „Bei dem ehemaligen Häftling handelt es sich um einen schwer narzisstisch gestörten Menschen mit einem enormen Geltungsbedürfnis. Es ist nicht auszuschließen, dass er den Mord nur gestanden hat, um die Aufmerksamkeit der Öffentlichkeit zu gewinnen. Womöglich macht ihm auch die Freiheit Angst, und er sehnt sich zurück nach der Sicherheit und Geborgenheit hinter den grauen Mauern."

Niemand außer Werner Pranz und mir hatte die Nachrichten gehört. Der Ton des Radios war sehr leise gewesen. Er sah mich fragend an.

Unschlüssig zuckte ich mit den Schultern. Ich wusste nicht, wem ich eher Glauben schenken sollte, dem vermeintlichen Mörder oder dieser Psychiaterin.

Ich beschloss, vorerst nicht einmal Orlando von diesem seltsamen Geständnis zu erzählen. Zumindest heute Abend wollte ich mich nicht mehr damit beschäftigen.

Wieder zuhause, zog ich die neue französische Unterwäsche von Midinette an. Dann wusste ich nicht weiter. Ich riss alle halbwegs passablen Klamotten aus dem Schrank und breitete sie auf meinem Bett aus.

Schwule gelten im Allgemeinen als gute Ratgeber in Geschmacksfragen. Ich hatte daher auf Orlandos Rat gehofft. Er hatte sich jedoch in meinem Bad eingeschlossen und schenkte meinem Kleiderproblem nicht das geringste Interesse.

Da ich nicht nur Dr. Mader beeindrucken wollte, sondern auch meine Kollegen, veranstaltete ich eine richtige An- und Ausziehorgie. Zog mich mindestens fünfmal um, bis ich mit meinem Aussehen halbwegs zufrieden war.

Nach einem letzten Blick in den Spiegel behielt ich zwar das neue T-Shirt und den Minirock vom Modehaus Schramm an, zog aber darunter hautenge Röhrenjeans an.

Orlando verließ nach einer Stunde mein Bad in großer Abendrobe. Trotz seines Versprechens, sich normal zu kleiden, hatte er sich wieder in seinen Sisi-Look geworfen. Ich hatte es nach dem ganzen Theater mit der Perücke im Frisiersalon Pranz bereits geahnt. Zum Glück trug er wenigstens kein bodenlanges Kleid, sondern einen schwarzen Seidenfetzen, der ihm bis zu den Waden reichte. Seine neuen Netzstrümpfe brachten seine schlanken Fesseln prächtig zur Geltung. Bevor wir das Haus verließen, warf er sich eine weiße Webpelzstola um die Schultern.

Ich sagte keinen Ton.

22

Das Frühlingsfest im Schlossquadrat war von Jürgen Geyer organisiert worden. Obwohl sich bereits jetzt um 18 Uhr jede Menge Gäste in den Gastgärten und den Lokalen tummelten, unterhielt er sich eine Weile mit Orlando und mir.

Ich fragte ihn, ob Dr. Mader auch da sei.

„Der hat heute leider Nachtdienst", antwortete er. Sogleich sank meine Stimmung auf den Nullpunkt.

Jürgen stellte mir dann die Musiker des heutigen Abends vor. Er hatte eine Gypsy-Jazz-Band organisiert. Ich kannte keinen von den Burschen.

Obwohl mir Orlandos Sisi-Aufzug peinlich war, zwang ich ihn, sich persönlich bei Bezirksvorsteher Kurt Wimmer, der gerade das Gergely's betrat, zu bedanken. Er tat, wie ihm geheißen, ließ mich danach aber stehen. Verzog sich mit einem elegant gekleideten Mann an den schönsten Tisch unter dem beleuchteten Amethyst.

Ich machte eine kleine Runde durch die anderen Lokale. Tony Meyers war noch nicht erschienen. Zumindest hatte ich ihn in dem Gedränge bisher nicht entdeckt.

Ich wollte wieder rüber ins Gergely's, um nach Orlando zu sehen, als ich Frau Klaric mit zwei Männern an ihrer Seite im Gastgarten erblickte.

„Sie kennen Herrn Kommerzialrat Schramm und Herrn Strohmeier?", fragte sie.

Ich nickte.

Die beiden Männer unterhielten sich über Fahrräder. Herr Strohmeier schien ein begeisterter Radsportler zu sein.

„Die tschechische Firma Skoda hat ursprünglich Fahrräder produziert", sagte er.

Dann fachsimpelten sie über die erstaunlich positive Entwicklung dieses Autokonzerns. Anscheinend bekam auch Herr Strohmeier die Krise weniger zu spüren als andere Autohändler.

„Liegt das an den günstigen Preisen oder an der VW-Technik?", fragte Helmut Schramm.

„Beides spielt eine Rolle. Der neue Yeti-Geländewagen verkauft sich jedenfalls ausgesprochen gut“, sagte Wolfgang Strohmeier.

Da Frau Klaric und ich uns nicht besonders für Autos interessierten, entfernten wir uns möglichst dezent. Doch wir hatten keine Gelegenheit, den neuesten Tratsch auszutauschen, da nun ein sehr ungleiches Pärchen auf uns zukam. Ein kleiner dicklicher Glatzkopf und eine große, viel jüngere Frau mit atemberaubend langen Beinen und einer Superfigur, die sie wohl einem Schönheitschirurgen verdankte, denn im Gesicht sah sie schon ziemlich verlebt aus, und ihr stark gebleichtes, fast weißblondes Haar schrie förmlich nach einem Haarschnitt im Frisiersalon Pranz. Ihre aufgeblähten Silikon-Brüste standen von ihrem Leib ab. Als sie sich vorbeugte, kamen sie auf meinem Tischchen zu liegen. Ich war fasziniert von der Elastizität und Nachgiebigkeit des Silikons.

Frau Klaric stellte mich den beiden vor: Es waren Dr. Bischof und Tamara.

Dr. Bischof war nicht gerade ein Adonis. Seine Glatze und sein rundes Gesicht glänzten um die Wette. Außerdem fand ich ihn weder charmant noch geistreich oder gar witzig. Ich konnte nicht begreifen, was Tamara, die ihn mit ihren High Heels um einen halben Kopf überragte, an ihm gefiel. Unermesslich reich war er nach seiner Scheidung bestimmt auch nicht. Vielleicht hatte sie einen Vaterkomplex?

Gott sei Dank ließ er uns bald allein und gesellte sich zu einigen anderen älteren Herrn an die Theke im Silberwirt. Auch Frau Klaric verließ uns.

Ingenieur Held vom Computer-Hilfsdienst leistete Tamara und mir nun Gesellschaft. Sie bedankte sich überschwänglich bei ihm, weil er ihren PC wieder zum Leben erweckt hatte.

„Stellen Sie sich vor, die ganze Ordination ist ausgebrannt, alles lag in Schutt und Asche, aber Herr Held hat es geschafft, die Festplatte zu retten. Sie können sich bestimmt nicht vorstellen, was das für uns bedeutet. Die ganze Patientenkartei, alle Termine, alle Mailadressen ...“, sagte sie zu mir.

Ich schaute ihn verblüfft an. Tamara verschwand auf die Toilette.

„Waren auch wieder Liebesschwüre drauf?“, fragte ich ihn.

Er nickte unmerklich und holte sich eine Margarita.

Ich stand eine Weile verloren herum und beobachtete die Leute. Die Stimmung war ausgelassen. Alle schienen sich prächtig zu amüsieren. Nur ich stand wieder einmal allein in einer Ecke und hielt mich an meinem Glas fest. Wahrscheinlich wäre es klüger gewesen, heute zu arbeiten. Als Gast fühlte ich mich nicht recht wohl hier. Ich kannte zwar die meisten Leute vom Sehen, hatte aber keine Lust, mich ihnen aufzudrängen. Natürlich waren auch wieder einige Promis anwesend. Fast taten sie mir leid, denn sie waren ständig von irgendwelchen Adabei-Typen umringt.

Es war ein ungewöhnlich warmer Abend. Eine illustre Politikerrunde hatte es sich in Gergelys Gartenloge bequem gemacht. Was die bloß wieder ausheckten, fragte ich mich.

Plötzlich hörte ich hinter mir eine angenehme Männerstimme rufen: „Frau Kafka!“

Ich drehte mich um. Bezirksvorsteher Wimmer näherte sich mit einem Teller, auf dem eine gebackene Hühnerkeule lag.

„Haben Sie schon gegessen?“

Ich schüttelte den Kopf. Er reichte mir seinen Teller.

„Nein, danke, ich bring jetzt beim besten Willen nichts runter. Ich hol mir später was.“

„Hoffentlich gibt’s dann beim Silberwirt noch Backhendl“, sagte er.

Als er sich erkundigte, wie es meinem Großvater ginge, erzählte ich ihm von unserer Kommunikation per Zettel und Bleistift. Und auf einmal fühlte ich mich auf diesem Fest doch ein wenig heimisch.

Im Gergely’s begann nun die Gypsy-Band zu spielen. Wir gingen hinein.

„Ich habe immer schon gesagt, Margareten ist kein Schlafbezirk“, sagte Kurt Wimmer. In diesem Moment wurden die Verstärker leiser gedreht und jeder in unserem Umkreis konnte seine lauten Worte hören.

„Mir wird immer wieder von den Blauen, aber auch von den Grünen vorgeworfen, dass ich den Gergely protegiere. Ich protegiere, wenn Sie wollen, die ganze Gastronomie und alle Geschäftsleute in Margareten, die unseren Bezirk lebendig erhalten", sagte er nun ernsthaft und leiser.

„Außer die Glückspiellokale", scherzte ich. Es war allgemein bekannt, dass er mit Glückspielen und Wettbüros nichts am Hut hatte.

Leider wurden wir nun von einem geschniegelten Business-Typen mit einer blond gefärbten Modetussi am Arm unterbrochen. Ein Bezirksvorsteher muss sich halt auch mit solchen Leuten abgeben, dachte ich und ging wieder hinaus in den Gastgarten.

Die Dämmerung senkte sich über das Schlossquadrat. Dohlen und Kolkraben kehrten mit lautem Gekreische auf ihren geliebten Kastanienbaum zurück. Morgen früh würden wieder alle Tische und Stühle angeschissen sein. Trotzdem mochte ich die Vögel. Mein berühmter Namensvetter Franz Kafka hatte die Dohle sogar zu seinem Familienemblem erhoben.

Die Kellner zündeten die Kerzen auf den Tischen an. Waren vorhin noch rasante Csárdásrhythmen aus dem Gergely's herausgeklungen, vernahm ich auf einmal schwermütige, fast elegische Weisen, die von Trauer und Tod sprachen. Danach machte die Band eine erste Pause.

Die Musiker waren Lowara, die man früher umgangssprachlich auch als „deutsche Zigeuner" bezeichnet hatte, weil sie die deutsche Sprache akzentfrei beherrschten. Heute waren viele von ihnen als Musiker etabliert. Bestimmt kannten diese jungen Burschen meinen Onkel Sándor. Ich nahm mir vor, mich in der nächsten Pause mit ihnen zu unterhalten.

Plötzlich schien die gerade noch prächtige Stimmung in Spannung und Feindseligkeit zu kippen. Irritiert schaute ich in die Runde. Die Gesichter der Leute verschwammen vor meinen Augen. Und auf einmal sah ich ihn.

Das Baby-Face steuerte unverschämt grinsend auf meinen Tisch zu.

Hilfesuchend blickte ich mich erneut um. Keiner meiner Kollegen war in der Nähe. Ich wollte vor diesem Idioten nicht die Flucht ergreifen. Starrte ihn nur böse an, als er sein Bierglas auf meinen Tisch stellte. Anscheinend hatte ich doch nicht den bösen Blick. Weder ergriff er die Flucht, noch fiel er auf der Stelle tot um. Er stand einfach schweigend da und starrte auf meine Brüste. Ich bereute, das dekolletierte T-Shirt angezogen zu haben. Als sich seine dicken Würstelfinger meinem Busen näherten, verlor ich die Nerven, packte sein Bierglas und schüttete ihm das Bier ins Gesicht.

Er schloss die Augen nicht schnell genug. Das Bier tropfte von seinen Wimpern. Er hatte sich zu spät geduckt, zu spät die Hände vors Gesicht gerissen.

Es war alles so schnell gegangen. Ich bemerkte weder die erstaunten Blicke der Leute am Nebentisch, noch nahm ich den Mann wirklich wahr, der seinen Arm um meine Schultern legte. Ich rastete völlig aus. Griff nach dem Aschenbecher, holte aus und knallte ihn dem Mann ins Gesicht.

„Bist du verrückt? Was hab ich dir getan?“, schrie Tony. Seine Stimme brachte mich wieder zu Besinnung.

Nicht nur sein Gesicht war voller Asche, sondern auch das Sakko des Nadelstreifanzugs, den er unlängst bei Midinette gekauft hatte.

„Oh mein Gott, tut mir leid“, stöhnte ich. „Aber hast du den Kerl gesehen, der mich gerade belästigt hat? Mittlerweile bin ich mir fast sicher, dass er der Frauenmörder von Margareten ist.“ Doch das Baby-Face hatte längst das Weite gesucht.

Zum Glück hatte die Band wieder zu spielen begonnen. Sogleich verloren auch die Leute an den Nachbartischen das Interesse an mir. Ich versuchte, Tonys Gesicht mit einer Serviette zu reinigen. Ich machte alles nur noch schlimmer. Verschmierte die Zigarettenasche auf seinen ebenmäßigen Zügen. Nun sah er tatsächlich wie ein Rauchfangkehrer aus.

„Ich mache das lieber selber“, sagte er knapp und entfernte sich Richtung Toiletten. Schuldbewusst sah ich ihm nach.

23

Kaum war ich allein, tauchte Tamara wieder auf. Sie nahm einen Lippenstift und einen kleinen Spiegel aus ihrem Handtäschchen und zog ihre Lippen nach. „Wie ich aussehe!“, jammerte sie.

Statt eines Eherings steckte ein wunderschöner Smaragdring an ihrem rechten Ringfinger. Sie war nicht mehr ganz nüchtern. Es bedurfte nur einiger mehr oder weniger geschickter Fragen meinerseits, und sie begann mir ihre ganze Lebensgeschichte zu erzählen. Plötzlich standen Tränen in ihren Augen.

„Ich habe schreckliche Angst“, flüsterte sie. „Ilona und Anja waren meine besten Freundinnen. Bestimmt hat es dieser Killer nun auf mich abgesehen. Ich habe meinen Freund gebeten, Polizeischutz für mich anzufordern. Aber er hat keinen Finger gerührt, mich nur ausgelacht“, schluchzte sie. „Ich erzähle Ihnen das jetzt nur, weil ich weiß, dass Sie sich für diese Frauenmorde besonders interessieren. Frau Klaric hat gesagt, dass Sie detektivisches Gespür hätten.“

Zwar freute ich mich über das Lob von Frau Klaric, andererseits ängstigte mich die Vorstellung, dass der halbe Bezirk bereits wusste, dass ich auf eigene Faust Nachforschungen anstellte. Kein Wunder, dass ich nächtens bedrohliche Anrufe von Psychopathen bekam.

„Ich weiß auch, dass Sie über spezielle Fähigkeiten verfügen. Bitte helfen Sie mir“, flehte sie mich an und umklammerte meinen Arm. Unangenehm berührt machte ich mich los.

„Könnten Sie mir nicht die Zukunft vorhersagen? Ich bitte Sie, lassen Sie mich nicht im Stich ...“

Ich musste mich beherrschen, nicht wütend zu werden.

„Oder borgen Sie mir wenigstens für die nächste Zeit ihr ‚blaues Auge‘.“ Sie grabschte nach dem Anhänger in meinem Dekolletee. Woher kannte sie die Bedeutung meines Amuletts? War sie womöglich auch eine Zigeunerin?

Ich nahm ihre Hand in meine und sagte mit sanfter Stimme: „Sie brauchen keine Angst zu haben. Der Täter hat bereits gestanden. Haben Sie heute nicht Radio gehört?“ Natürlich verriet ich ihr nicht meine Zweifel an der Täterschaft dieses Psychopathen.

Als ihr Freund sie zu sich winkte und sie bald darauf gemeinsam das Fest verließen, fühlte ich mich richtig erleichtert. Während ich noch über Tamaras hysterisches Getue nachdachte, kam Tony zurück. Ich registrierte erst jetzt, dass er elegante schwarze Lackschuhe und eine grellgelbe Krawatte trug. Er sah heute tatsächlich wie ein Mafioso aus.

Ich entschuldigte mich wortreich. Streichelte immer wieder sein Gesicht, vor allem die Stelle auf seiner Stirn, an der er demnächst eine hässliche Beule bekommen würde. Nachdem ich ihm erklärt hatte, warum ich so ausgerastet war, beteuerte er, von nun an nicht mehr von meiner Seite weichen zu wollen.

Wir setzten uns an einen der kleinen Tische vor der Lichterwand im Cuadro und tranken ein paar Mojitos.

Tony küsste tatsächlich unwahrscheinlich gut. Ich gab ihm den Spitznamen „Küsserkönig“.

Er hatte eindeutig zu viel getrunken. Auch ich fühlte mich leicht beschwipst. Ganz beiläufig fragte ich ihn nach seiner Beziehung zu den Mordopfern. „Angeblich hast du ja mit allen dreien ein Verhältnis gehabt ...“, sagte ich.

„Das stimmt so nicht“, sagte er. „Vera Navratil habe ich kennengelernt, als sie auf Wohnungssuche war. Ich habe ihr die tolle Eigentumswohnung am Siebenbrunnenplatz vermittelt. Sie war meine große Liebe. Aber leider geht eben jede Liebe irgendwann einmal zu Ende. Ich war schon lange nicht mehr mit ihr zusammen, als sie ermordet wurde. Wir hatten ein Jahr vorher miteinander Schluss gemacht.“

„Und was war mit den anderen?“

„Ilona, Anja und Tamara haben zur selben Clique gehört. Drei fesche junge Ausländerinnen, die etwa zur selben Zeit versuchten, in Wien Fuß zu fassen. Ilonas Pornofotos und Anjas Job bei einer Begleitagentur gehören mittlerweile längst der Vergangenheit an. In den letzten Jahren schienen es alle drei geschafft zu haben, aus dem Milieu rauszukommen.“

„Und du hast sie alle irgendwann mal vernascht?"

„Nein. Ich war kurze Zeit mit Ilona zusammen und durch sie lernte ich auch die anderen beiden kennen. Ilona hat damals für diesen Pornoverlag gearbeitet. Ich hab sie überreden können, damit aufzuhören, und ihr einen Job als Kellnerin verschafft. Zuletzt hat sie am Gürtel einen Würstelstand gehabt, den ihr einer ihrer treuen Kunden gekauft hatte."

„Und Anja?"

„Sie hat mich getröstet, nachdem mich Ilona wegen des Würstelstandes verlassen hatte. Ihr neuer Mäzen duldete keinen Nebenbuhler", sagte er lächelnd. „Mit Anja hatte ich übrigens ebenfalls nur eine ganz kurze Affäre."

„Du bist an dem Abend, an dem sie im Filmcasino ermordet wurde, mit ihr im Motto gesehen worden."

„Na und? Wir gingen halt hin und wieder noch miteinander weg. Zwei einsame Herzen in der Großstadt, du weißt schon ..."

„Und was ist mit Tamara, hast du mit der auch gevögelt?"

„Keine Spur. Tamara hat es von den dreien am besten erwischt. Sie hatte einen Vertrag mit einer Unterwäschefirma und es daher nicht nötig, sich zu prostituieren. Außerdem schaffte sie es immer wieder, reiche Liebhaber an Land zu ziehen, die sie nicht wie eine Nutte behandelten, sondern ihr wertvolle Ringe schenkten und ihr die Ehe versprachen. Tamara ist clever, aber eiskalt und nur auf ihren Vorteil bedacht. Ich hab nie eine Chance bei ihr gehabt. Und ich hab's auch nie versucht", beteuerte er eifrig, als er meinen angewiderten Gesichtsausdruck bemerkte.

Sein kaltes, künstliches Lächeln sollte mich wohl besänftigen. Ich spürte, wie meine Unruhe zunahm.

Als mir Herr Radschiener von Trident Travel zuwinkte und Anstalten traf näherzukommen, musste Tony plötzlich auf die Toilette. Misstrauisch, wie ich nun einmal war, fragte ich Herrn Radschiener, ob er Tony Meyers kennen würde.

Er zögerte mit seiner Antwort. Gab mir Feuer und sagte leise: „Er kommt mir irgendwie bekannt vor. Vielleicht hat er mal eine Reise bei uns gebucht ..."

Ich wunderte mich über seine Verlegenheit. Fragte aber nicht nach, sondern ging hinaus in den Gastgarten, um ein bisschen frische Luft zu schnappen.

Es war kühl geworden, und es waren nicht mehr allzu viele Leute draußen. Tony stand allein am Eingang zu Gergelys Gartenloge. Wir rauchten zusammen eine Zigarette. Bevor ich ihn weiter über seine Beziehungen mit den schönen Toten ausfragen konnte, presste er seine Lippen auf meinen Mund und schob mich in die hinterste Ecke der Gartenloge.

Ich war ziemlich betrunken und ließ ihn gewähren. Die Chorstühle, die früher im Lokal als Sitzplätze gedient hatten, weckten bei mir immer Assoziationen an Kirchgänge und peinliche Auftritte in Beichtstühlen.

Tony machte es sich in einem der erhöhten Stühle bequem. Zog mich an sich, schob meinen Rock hoch und öffnete den Reißverschluss meiner Jeans. Dann steckte er mir einen Finger in die Möse. Gleichzeitig packte er mit der anderen Hand seinen Schwanz aus. Das übliche Programm eben.

Ich trieb es nicht so gern im Sitzen. Schon gar nicht auf diesen Chorstühlen. Und ich legte auch keinen gesteigerten Wert darauf, obenauf zu sein, diesem Faulpelz mit all dem Bier und Wein in meinem Bauch einen wilden Ritt zu besorgen. Vor allem aber wusste ich nicht, wohin mit meinen langen Beinen.

Ich blieb also stehen und fasste beinahe widerwillig seinen Schwanz an. Spielte ein bisschen mit ihm herum.

Er rutschte ein Stück vor, fasste mich an den Hüften und drehte mich um, bis ich rücklings auf seinem Schoß saß. Als er in mich eindrang, stöhnte ich. Nicht aus Lust, sondern weil ich einen Krampf in meinem linken Bein hatte. Dieser Idiot bildete sich aber anscheinend ein, ich wäre von der Größe seines Schwanzes überwältigt, und bearbeitete mich fester. Seine Stöße wurden schneller und schneller. Ich klammerte mich verzweifelt an ihn, bohrte meine Fingernägel in seine Schenkel.

„Oh du kleine Wildkatze“, flüsterte er mir begeistert ins Ohr. Ich musste mich sehr beherrschen, um nicht lauthals loszulachen.

Plötzlich ertönte ein unheimliches Geschrei. Es erinnerte mich an das Geschrei kleiner Kinder. Erleichtert kletterte ich von ihm runter.

„Läufige Katzen", sagte Tony und presste seine Lippen auf meinen Mund. Ich begann zu lachen. Ein halbes Dutzend Katzen vergnügte sich in dem lauschigen Gastgarten. Ich erkannte Koriander, der sich immer in den Kräutergärten herumtrieb und mit Vorliebe den Koriander auffraß. Der arme Kerl kam wieder einmal nicht zum Zug.

Tony nahm mein Gesicht in seine Hände und versuchte, meinen Kopf zwischen seine Beine zu zwingen. Vielleicht hatte ihn der süße barocke Blasengel über dem Eingang zu Gergelys Gartenloge auf diese Idee gebracht oder das große Bild von Raja Schwahn-Reichmann nebenan im Gastgarten des Silberwirts, auf dem die lustigen Engerl Schwänze hatten.

Ich war aber nicht in Stimmung, ihm einen zu blasen. Mir war die Lust auf Sex inzwischen gründlich vergangen. Mir war eher so kriegerisch zumute wie dem muslimischen Kämpfer auf dem anderen Bild. Ich mochte diese Persiflage des „West-östlichen Diwans", aber sie törnte mich nicht an. Halbherzig schmuste ich mit Tony herum und war erleichtert, als ich Orlandos Stimme vernahm.

„Was treibst du da, Katharina?" Er klang wie meine Religionslehrerin in der Volksschule.

Obwohl ich ein bisschen sauer auf ihn war, weil er mich, trotz meiner Bitte, in meiner Nähe zu bleiben, den ganzen Abend allein gelassen hatte, fiel ich ihm um den Hals. „Bin ich froh, dich zu sehen!"

Orlando begann sofort, den armen Tony zu beschuldigen, mich vergewaltigt zu haben. Egal, was ich sagte oder was Tony zu seiner Verteidigung hervorbrachte, Orlando beschimpfte ihn weiter, hörte uns einfach nicht zu. Die ganze Szene war mehr als peinlich. Tony zog schließlich seine Hose hoch und ergriff die Flucht.

Orlando und ich waren nun allein im Gastgarten. Das Fest schien mittlerweile zu Ende zu sein. Nur mehr vom Silberwirt klangen ein paar Lacher zu uns herüber. Ich fragte Orlando, wo er sich die ganze Zeit herumgetrieben hätte.

Es stellte sich heraus, dass der elegante Mann, mit dem er sich im Gergely's so angeregt unterhalten hatte, sein Polizistenfreund Daniel gewesen war. Und der hatte ihm erzählt, dass sich Tony, während er eine Affäre mit Ilona hatte, von der ermordeten Anwältin Vera Navratil aushalten hatte lassen.

Da Tony mir gerade erst seine eigene Version von seinen Beziehungen mit diesen Frauen serviert hatte, war ich etwas verunsichert. Ich wusste nicht, wem ich eher Glauben schenken sollte.

„Ich schlafe heute nicht bei dir, Katharina. Daniel wartet auf mich. Ich wollte es dir nur sagen, damit du dir nicht wieder Sorgen machst", sagte Orlando.

Meine Enttäuschung war mir bestimmt anzumerken. Ich heuchelte jedoch Verständnis und wünschte ihm eine heiße Nacht. Dann wankte ich frustriert allein nach Hause.

Die Nacht war sternenlos. Es wehte ein frischer Wind. Ich bog in die Wehrgasse ein. Eine stockfinstere Ecke. Das einzige Licht kam vom schwachen gelblichen Schein einer Straßenlaterne, die sich mindestens zwanzig Meter entfernt befand.

Plötzlich bildete ich mir ein, dass mir jemand folgte. Ich verlor die Beherrschung. In Sekundenschnelle geriet ich in Panik. Die Hitze stieg von meiner Brust allmählich bis in meinen Kopf hinauf. Ich begann zu laufen. Leider hatte ich die falschen Schuhe an. Stöckelschuhe waren eben keine idealen Laufschuhe. Ich stolperte über einen Randstein, knallte der Länge nach hin.

Dauerte es ein paar Sekunden oder ein paar Minuten bis ich wieder zu mir kam? Jemand beugte sich über mich. Ich spürte seinen Atem im Nacken und seine Hände auf meinen Schultern. Ich versuchte zu schreien, doch der Schrei blieb in meiner Kehle stecken.

Eine Hand schloss sich um meinen Mund, und eine Männerstimme flüsterte mir etwas ins Ohr. Ich verstand kein Wort. Fühlte mich wie gelähmt vor Angst.

Plötzlich spürte ich, dass auch der Mann Angst hatte. Jetzt hatte die Angst uns beide im Griff. Ich drehte meinen Kopf zur Seite und blickte ihn an.

Und dann schrie ich wirklich laut, so laut, dass man meinen Schrei in ganz Margareten hören konnte: „Bist du völlig wahnsinnig geworden? Du hast mich zu Tode erschreckt. Warum bist du mir gefolgt? Du wolltest doch zu Daniel!“

„Ich hab's mir anders überlegt. Wollte dich heute Nacht nicht allein lassen ... nach allem, was passiert ist“, stammelte Orlando.

24

Gegen Mittag holte ich Frau Klaric in der Midinette ab. Wir gingen zum Silberwirt. Nach dieser anstrengenden Nacht brauchte ich dringend ein Margaretner Bier.

Sie hatte, so wie alle anderen Leute, die ich gestern auf dem Fest getroffen hatte, von dem Geständnis des Psychopathen nichts mitbekommen. Offensichtlich war diese Nachricht nur einmal gebracht worden. Wahrscheinlich hatte die Kripo danach eine Nachrichtensperre verhängt.

Ich berichtete Frau Klaric von meinen Erlebnissen auf dem Fest. Die Szene mit Tony in der Gartenloge unterschlug ich.

Sie interessierte sich vor allem für mein Gespräch mit Tamara und erzählte mir dann mehr über die Bischofs: „Die arme Angela bekommt nur eine Pension, wenn er vor ihr sterben sollte. Aber damit will ich nicht behaupten, dass sie mit dieser Explosion was zu tun hatte. Eine Gasexplosion an einem stürmischen Wintertag ist nichts Besonderes. Im Winter explodieren andauernd irgendwelche alten Thermen in Wien. Und die Gastherme in seiner Ordination war bestimmt uralt. Vor lauter Liebesglück hatte er sicher nicht daran gedacht, sie ordentlich warten zu lassen.“

„Kennen Sie Doktor Bischof näher?“

„Nein. Ich habe ihn mal vor ein paar Wochen, als ich im Geschäft einen Schwindelanfall hatte, aufgesucht. Seine Geliebte macht übrigens nun denselben Fehler wie Angela Bischof. Sie spielt ebenfalls Sprechstundenhilfe für ihn."

„Im Haasbeisl haben sie mir erzählt, dass es bei der Scheidung einen ziemlichen Rosenkrieg gegeben hätte."

„Ach, was diese alten Männer immer so daherreden! Soviel ich gehört habe, hat sie ihm längst verziehen. Sie gießt angeblich sogar die Pflanzen in seiner Praxis, wenn er auf Urlaub ist."

Wir saßen in der gemütlichen Gaststube am Stammtisch. Tranken Chardonnay aus dem Weingarten des Chefs im Kamptal und fühlten uns beide sehr wohl. Auf den Weingläsern stand „Mein Wein" und darüber lächelte eine winzige Sonne.

Frau Klaric bestellte eine Frittatensuppe und Silber's Kalbsrahmgulasch. Ich nahm den Zwiebelrostbraten.

Nach dem Essen bat ich Frau Klaric, mir mehr über Tony zu erzählen.

„Leider kenne ich ihn nur flüchtig. Verdächtigen Sie etwa gar ihn, diese Frauen umgebracht zu haben?"

„Nicht wirklich, aber Orlando hat sich auf ihn eingeschossen. Und immerhin hat Tony zugegeben, dass er mit drei Mordopfern ein Verhältnis gehabt hatte."

„Davon weiß ich nichts. Aber wenn Sie mich fragen, ich halte ihn nicht für fähig, eine Frau zu vergewaltigen oder gar zu ermorden. Haben Sie die Zeitungsberichte aufmerksam gelesen? Fast in allen Blättern wird behauptet, dass der Mörder von Margareten ein Nachahmungstäter von Jack the Ripper sei."

„So ein Schwachsinn!"

„Genau. Keine der ermordeten Frauen war eine Prostituierte. Vielleicht hat die eine oder andere es nicht so genau genommen, was ihren Männerkonsum betraf. Aber deshalb waren sie noch lange keine Nutten. Außer vielleicht die eine, diese Ungarin."

„Sie meinen Ilona?"

„Ja, sie hat in dem Haus gewohnt, in dem ich früher mein Geschäft hatte. Und obwohl ich wirklich nicht darauf geachtet habe, konnte ich nicht übersehen, dass sie auffällig viele

Männerbesuche hatte. Vielleicht war sie eine illegale Prostituierte? Jedenfalls habe ich sie und Dr. Bischof mal dabei überrascht, wie sie es im Stiegenhaus miteinander getrieben haben."

„Wie bitte? Verwechseln Sie jetzt nicht Ilona mit Tamara?"

„Sicher nicht. Ich weiß, dass die beiden Mädels miteinander befreundet waren. Wahrscheinlich hat Dr. Bischof Tamara über Ilona kennengelernt. Aber das ist jetzt nur eine Theorie von mir."

Und noch dazu eine höchst interessante, dachte ich.

In diesem Augenblick betraten Harr Radschiener von Trident Travel und Frau Käferböck, die Steuerberaterin, den Silberwirt. Sie fragten, ob sie sich zu uns setzen dürften.

Nachdem beide das preisgünstige Mittagsmenü bestellt hatten, meinte Herr Radschiener: „Dr. Bischof hat letztes Wochenende ganz schönes Glück gehabt, dass er ausgerechnet zum Zeitpunkt der Gasexplosion mit seiner Freundin auf Wellness-Urlaub war."

Ich fragte: „Haben Sie vor der Explosion jemandem von Dr. Bischofs Kurzurlaub erzählt?"

Er verneinte. „Ich rede normalerweise nicht über die Reisen meiner Kunden. In diesem Fall habe ich aber der Polizei Auskunft erteilen müssen. Und inzwischen weiß es eh der ganze Bezirk."

So beiläufig, wie ich konnte, fragte ich ihn, ob vielleicht Angela Bischof kürzlich auch eine Reise bei ihm gebucht hätte.

Er kannte zwar Angela Bischof von früher, als sie noch gemeinsame Reisen mit ihrem Mann gemacht hatte, in letzter Zeit war sie aber anscheinend nicht mehr verreist. „Ich habe sie schon lange nicht mehr gesehen. Aber warum interessieren Sie sich so brennend für die Reisepläne der Bischofs?", fragte er mich misstrauisch.

Zögernd erzählte ich ihm von meinem Verdacht, dass Angela Bischof bei der Gasexplosion ihre Finger mit im Spiel gehabt haben könnte. „Vielleicht will sie sich nun aus dem Staub machen? Zumindest hat sie, als ich sie beim Friseur traf, gemeint, dass sie demnächst verreisen werde."

„Bei uns hat sie jedenfalls keine Reise gebucht."

„Wäre es nicht auch möglich, dass der Mörder, jetzt, wo schon fast die ganze 5er-City auf ihn Jagd macht, versuchen wird abzuhauen? Ich könnte mir gut vorstellen, dass er, getarnt als harmloser Tourist, das Land verlassen möchte“, warf Frau Käferböck ein.

Herr Radschiener wurde nachdenklich. Erst nach längerem Schweigen sagte er: „Ich kann nicht jeden der Polizei melden, der etwas ungewöhnliche Reisewünsche hat.“ Dann erzählte er uns, dass er vor Kurzem eine etwas eigenartige Buchung vorgenommen hatte. Ein jüngerer Mann habe ihn gefragt, mit welchen Ländern der österreichische Staat kein Auslieferungsabkommen habe. „Ich weiß das nicht so genau. Habe ihm Südamerika empfohlen. Daraufhin interessierte er sich für einen Flug nach Rio de Janeiro oder Buenos Aires. Zuletzt fragte er mich, wie viel ein Flug auf die Bahamas kosten würde. Schließlich entschied er sich für ein One-Way-Ticket nach Kuba und ein Hotel in Havanna für zwei Nächte. Ehrlich gesagt habe ich mich ein bisschen über diese merkwürdige Reiseplanung gewundert.“ Er sah mir nicht in die Augen, blickte zu Boden.

„Ich nehme an, der Name dieses Herrn, der eine Reise ohne Wiederkehr gebucht hat, war Tony Meyers, den Sie gestern mit mir am Frühlingsfest getroffen haben“, sagte ich cool.

An seinem Gesichtsausdruck merkte ich, dass ich mit meiner Vermutung richtig lag. Herr Radschiener konnte sich nicht gut verstellen. Auch Frau Käferböck starrte mich verblüfft an.

„Dem feschen Tony wird anscheinend das Pflaster in Wien zu heiß. Die Polizei hat inzwischen auch ihn einvernommen, soviel ich gehört habe. Aber das ist nur ein Gerücht.“

„Ich halte nicht viel von Gerüchten“, unterbrach mich Herr Radschiener.

„Aber manchmal stimmt das alte Sprichwort: Wo Rauch ist, ist auch Feuer“, mischte sich nun Frau Klaric ein.

„Ja, leider“, sagte Frau Käferböck. „Herr Meyers ist kein Kunde von mir. Aber er suchte vor einigen Wochen unsere Kanzlei auf. Seine finanziellen Transaktionen schienen mir zu undurchsichtig. Er hatte gejammert, dass seine Aktien im Keller wären. Ich hatte den Eindruck, dass er mit einem Fuß im Kriminal stand. Mit solchen Leuten wollen wir nichts zu tun haben. Wir stellten natürlich Nachforschungen an und haben herausgefunden, dass Herr Meyers letztens nicht nur ziemlich viel Geld verloren hatte, sondern auch seinen Job in einer Immobilienagentur."

„Genau das habe ich auch gehört. Angeblich hat er Provisionen unterschlagen. Ein Ermittlungsverfahren gegen ihn ist, soviel ich weiß, bereits im Gange. Ich wollte seine Liquidität nachprüfen, da seine Kreditkarte, mit der er den Flug bezahlen wollte, gesperrt war. Allerdings zahlte er kürzlich die ganze Summe in bar", sagte Herr Radschiener.

„Für wann hat er den Flug nach Havanna gebucht?", fragte ich.

„Für nächsten Montag."

„Der fesche Tony hat sich also ein bisschen verspekuliert und dann seine Firma um ein paar Provisionen erleichtert, um seine Verluste wieder wettzumachen. Und jetzt will er sich absetzen. Sehr interessant", fasste ich unsere Unterhaltung zusammen.

„Ich habe schon überlegt, ob ich nicht die Polizei verständigen soll", sagte Herr Radschiener zögernd.

„Wahrscheinlich hat er das gestohlene Geld längst auf die Bahamas transferiert. Von Kuba kommt man problemlos und relativ preiswert auf die Bahamas, oder?"

Er nickte.

„Könnten Sie beide sich vorstellen, dass er diese Geschichte mit den unterschlagenen Provisionen selbst in die Welt gesetzt hat, um von den Morden abzulenken? Ich habe gehört, dass er die Rechtsanwältin Vera Navratil ziemlich abgezockt hat. Sie war sicher keine arme Frau. Auch Ilona hat als Besitzerin eines Würstelstandes am Gürtel bestimmt genügend Kohle gemacht ... Er wäre nicht der erste, der Frauen aus reiner Geldgier umbringt", sagte ich, obwohl ich selbst nicht so recht an meine Theorie glaubte.

Nach diesem anregenden Mittagessen fuhr ich mit meinem Rad zum Bacherpark. Es war an der Zeit, mir den Tatort des ersten Mordes näher anzusehen.

Der Frühling war zurückgekehrt. Bei Sonnenschein zeigte sich der fünfte Bezirk von seiner besten Seite. Bald würden die Geschäftsleute Blumentöpfe vor ihre Eingänge stellen. Wenn im Juni dann auch die Oleander zu blühen begannen, würde mich dieses Grätzl wieder an das kleine Dorf in Südfrankreich erinnern, in dem ich vor vielen Jahren fast sesshaft geworden wäre.

Als ich beim Bacherpark angelangt war, vernahm ich wütende Stimmen. Zwischen einem jugendlichen Pärchen und einem kahlgeschorenen Burschen in Bomberjacke und martialischen Stiefeln schien ein heftiger Streit entbrannt zu sein. Offensichtlich hatten die alternativ aussehenden Kids ein Problem damit, dass dieser grobschlächtige Glatzkopf seinen Rottweiler auf dem Kinderspielplatz herumtollen ließ. Dem bulligen schwarzen Hund machte es offensichtlich großen Spaß, hinter einem Ball herzujagen. Die kleinen türkischen Buben ließen sich durch sein Gebell nicht stören, spielten seelenruhig weiter Fußball. Erst als sich der Rottweiler ihren Ball schnappte, begannen auch sie zu schimpfen. Keiner traute sich allerdings, dem lieben Tierchen den Ball zu entreißen. Verdutzt sahen sie zu, wie er ihren Ball mit seinen scharfen Zähnen zerfetzte.

„Hol sofort deinen Köter zurück!“, schrie das Mädchen verzweifelt und versuchte, sich hinter dem schmalen Rücken ihres hochaufgeschossenen Freundes zu verstecken.

„Hast leicht Schiss, du blöde Fotze?“, fragte der Kahlköpfige grinsend, griff aber nach dem Halsband seines Hundes.

Das Mädchen flüchtete sich hinter einen Baum. Der Hund ließ den Ball los, schnappte nach der Hand seines Herrchens. Doch der wich geschickt aus und griff in seine Jackentasche.

„Wenn du mit diesem Killerhund nicht sofort verschwindest, rufe ich die Polizei“, sagte ich laut und deutlich. Lehnte mein Rad an den Zaun und griff nach meinem Handy.

„Misch dich nicht ein, Zigeunerschlampe“, fauchte die Glatze nun mich an, zog ein großes Stück Fleisch aus seiner Tasche und warf es dem großen dünnen Jungen vor die Füße.

Ehe er seinen Köter, der heftig an seinem Halsband zerrte, losließ, stand ich schon neben dem Jungen, der am ganzen Körper zitterte. Ich legte den Arm um ihn und starrte dem Hund, der auf uns zuschoss, fest in die Augen. Mein Herzschlag setzte für ein paar Sekunden aus, als das kräftige Tier einen halben Meter vor uns plötzlich stehenblieb. Ich fixierte ihn weiter, hielt ihn mit meinem Blick in Schach. Eigentlich hatte ich erwartet, dass er sich auf den Rücken legen und mir seinen Bauch zum Streicheln anbieten würde. Stattdessen fletschte er furchterregend die Zähne. Sein leises Knurren machte mir mehr Angst als sein lautes Gebell vorhin.

Während ich überlegte, ob ich diesem Ungetüm als nächstes meine Hand zum Riechen und Ablecken reichen sollte, bremste ein Polizeiwagen beim Eingang zum Park. Das Mädchen hinter dem Baum hatte anscheinend inzwischen sein Handy benützt. Während ich den scharfen Hund weiter fixierte, führten sie den Glatzkopf ab.

„Hej, und was soll ich mit dem Köter hier anfangen?“, rief ich ihnen nach.

Die Polizisten grinsten verlegen, als sie den Burschen aufforderten, seinen Hund an die Leine zu nehmen und ihm einen Beißkorb anzulegen. Der Kahlrasierte zeigte mir den erhobenen Mittelfinger, bevor er in den Streifenwagen einstieg.

Die beiden Jugendlichen bedankten sich artig bei mir für meine Hilfe. Bildete ich mir nur ein, dass sie mich dabei nicht nur bewundernd, sondern auch misstrauisch ansahen?

Mir wurde erst jetzt bewusst, was für ein Glück ich gehabt hatte. Wenn dieser Trick, den ich als Kind von meinen Cousins in Ungarn gelernt hatte, nicht funktioniert hätte, würde ich jetzt womöglich um eine Hand ärmer sein. Dieses Monster hatte ein mörderisches Gebiss gehabt.

25

Nach diesem Erlebnis beschloss ich, mich ausnahmsweise einmal um erfreulichere Dinge zu kümmern, und besuchte den Goldschmied Otto Papalecca in seinem Geschäft. Ich hielt mich gern in Papaleccas Werkstatt auf. Während ich ihm dabei zusah, wie er mit den alten Werkzeugen, die sich über die Jahrhunderte kaum verändert hatten, an seinen originellen, kunstvollen Schmuckstücken arbeitete, kamen mir immer die besten Ideen. Und von dem Geld, das mir mein Großvater zu meinem Vierziger schenken würde, wollte ich mir nicht nur einen Gebrauchtwagen, sondern auch noch einen Ring kaufen. Otto Papalecca hatte gemeinsam mit mir einen Entwurf gemacht. Ich musste mir nur mehr einen passenden Stein aussuchen.

Mein schlechtes Gewissen machte mir plötzlich zu schaffen. Ich hatte meinem Opa versprochen, ihn diese Woche noch einmal zu besuchen. Aber der ganze Stress wegen dieser Frauenmorde hatte mich auf ihn fast vergessen lassen. Ich nahm mir fest vor, ihn morgen früh aufzusuchen.

Otto Papalecca beklagte sich, dass ich so lange nicht da gewesen wäre. Er hätte den Entwurf für meinen Ring schon längst fertig.

Reumütig bat ich ihn, mir seine letzten Schmuckkreationen zu zeigen. Mein Blick kehrte immer wieder zu einem prächtigen Opal, der wie eine schwarze Träne in ein Goldkollier eingefasst war, zurück. „Wunderschön", sagte ich beinahe ehrfürchtig.

„Dieses Kollier war eine Auftragsarbeit. Es ist gut gelungen, nicht wahr? Leider hat es die Kundin nicht genommen", sagte er.

„Schön blöd", murmelte ich.

„Ja, das war wirklich eine blöde Geschichte. Und ich war nicht ganz unschuldig daran."

„Erzähl, was hast du angestellt?"

„Du kennst wahrscheinlich die Bischofs. Er hatte seine Ordination im Nachbarhaus, wo es unlängst gebrannt hat. Beide waren gute Kunden von mir. Er hat seiner Frau mindestens zweimal im Jahr Schmuck gekauft und sie selbst hat sich auch das eine oder andere individuelle Stück bei mir anfertigen lassen. Eines Tages bestellte er bei mir einen besonders kostbaren Ring. Der Stein war ihm egal, Hauptsache wertvoll. Ich hatte gerade einen schönen Smaragd erstanden und bot ihm an, ihn in Weißgold zu fassen. Dachte, der Stein würde fantastisch zu Frau Bischofs dunklen Augen passen, sprach aber diesen Gedanken leider nicht laut aus. Jedenfalls arbeitete ich ziemlich lange an der extravaganten Fassung. Er schien sehr zufrieden mit meiner Arbeit zu sein, ließ sich aber dann länger nicht mehr blicken. Einige Wochen später kam seine Frau ins Geschäft, um das Goldkollier mit ihrem Glücksstein, einem Opal, abzuholen, das sie selbst bestellt hatte. Da sie eine gute Kundin war, hatte ich keine Bedenken, sie kurz im Geschäft allein zu lassen, während ich das Kollier aus meiner Werkstatt holte. Wie es der Teufel will, entdeckte sie den Smaragdring, an dem ein Schildchen mit dem Namen Dr. Bischof hing. Sie stieß einen Freudenschrei aus. Als ich aus dem Hinterzimmer kam, stand sie, den Ring in der Hand, vor der Verkaufstheke. Ihr Gesicht war vor Wut verzerrt. Der Ring war ihr viel zu klein. Ich beteuerte, dass es kein Problem wäre, ihn größer zu machen."

Obwohl ich ahnte, wie die Geschichte weiterging, ließ ich ihn fortfahren.

„Ich hatte ja nicht ahnen können, dass ihr Mann diesen Ring nicht für sie anfertigen hatte lassen. Es war wirklich furchtbar."

„Wann war das ungefähr?"

„Ist jetzt schon mehr als zwei Jahre her, glaube ich."

„So ist die ganze Geschichte also aufgeflogen", sagte ich.

„Mehr oder weniger ...", sagte er zögernd.

„Indirekt bist du tatsächlich schuld daran, dass sie hinter das Verhältnis ihres Mannes kam. Sag mal, Otto, hast du denn von diesem Drama überhaupt nichts mitgekriegt? Waren seine Affären nicht Stadtgespräch in Margareten?"

„Gut möglich. Aber ich interessiere mich nicht besonders für solche Tratschereien", sagte er.

Ich glaubte ihm das aufs Wort. Er beschäftigte sich tagein, tagaus mit seinem edlen Schmuck und begab sich wahrscheinlich kaum in die alltäglichen Abgründe der menschlichen Seele. Man konnte fast neidisch werden, dachte ich.

„Den Stein komm ich mir ein anderes Mal aussuchen", sagte ich und ließ ihn wieder allein mit seinen Hämmern, Zangen, Bohrern und Sägen.

Mein Verdacht, den ich schon früher gegen Angela Bischof gefasst hatte, verfestigte sich allmählich. Eine Frau in Wut ist fast zu allem fähig, dachte ich. Andererseits konnte ich mir beim besten Willen nicht vorstellen, dass so eine gutbürgerliche Lady einfach wild drauflosmordete. Dass Vera Navratil die Scheidungsanwältin ihres Mannes gewesen war, hatte sich inzwischen herumgesprochen. Und dass der fidele Doktor auch ein Gspusi mit der schönen Ilona gehabt hatte, wusste ich seit Kurzem ebenfalls. Aber warum sollte sie Anja umgebracht oder Orlando attackiert haben? Ich verwarf diesen Gedanken wieder.

Entschlossen, endlich mit Stefan Gergely zu reden, ging ich ins Cuadro und fragte meine Kollegen, ob sie wüssten, wo ich ihn finden könne.

„Er hat einen Termin in der Margareta", sagte Jürgen Geyer. Also ging ich hinüber. Dort sagte mir Rudi Kirschenhofer, dass der Chef gerade zum Silberwirt gegangen sei.

„Aber im Cuadro haben sie mir gesagt, dass er jetzt bei euch einen Termin hat."

„Er hat rasch reingeschaut und ist dann mit Roland ..., Dr. Mader, meine ich, rübergegangen."

Im Silberwirt sagten sie mir, dass die beiden gerade gegangen seien. Ich kam nicht dazu, mich zu erkundigen, wo ich sie nun finden könnte, denn in diesem Moment stürzte Orlando aufgeregt ins Lokal: „Ich hab dich schon im Cuadro gesucht. Die sagten, du bist in der Margareta. Aber dort warst du auch nicht." Er beklagte sich, dass er von einem Lokal ins andere geschickt worden sei. „Das ist der reinste Irrgarten hier."

„Ja, ja, ist schon gut. Du hast ja Recht, mir ist es gerade genauso ergangen. Ich habe meinen Chef gesucht. Aber hör jetzt auf zu jammern. Ich habe interessante Neuigkeiten."

„Und ich erst. Stell dir vor, ich habe herausgefunden, dass die Schuhabdrücke im schneebedeckten Bacherpark höchstwahrscheinlich von einem bestimmten Schuh stammen, den es bei Vega Nova gibt. Du weißt, ich hab meine Beziehungen zur Polizei", sagte er stolz. „Daniel hat mir den Abdruck auf eine Serviette gezeichnet." Er zeigte mir eine Papierserviette, auf der ein paar Rillen, die eher an Fingerabdrücke erinnerten, aufgezeichnet waren.

„Lass uns sofort Herrn Pogats fragen."

„Warte, ich hab noch mehr erfahren, und diese Nachricht wird dich freuen, das weiß ich jetzt schon. Mein Daniel ist ein richtiger Schatz. Er hat mir auch verraten, dass im Fall von Ilona einige Indizien für einen rasch eingetretenen Tod sprechen."

„Das bedeutet, dieser Flaschenhals wurde ihr erst nach dem Tod eingeführt?"

„Ganz genau. Immerhin mal eine gute Nachricht, oder?"

„Wie man's nimmt. Ich werde auch weiterhin Schwierigkeiten bei der Zubereitung von Mojitos haben. Jedes Mal, wenn ich nach einer Flasche kubanischen Rum greife, taucht dieses grauenhafte Bild vor meinen Augen auf ..."

„Ich hätte dir damals besser nicht davon erzählen sollen. Solche Geschichten sind eben nichts für eine zart besaitete Frau."

„Von wegen zart besaitet. Damit hat mein Geschlecht nichts zu tun", sagte ich.

Mein Handy klingelte. Das Seniorenheim. Ich zuckte zusammen. Meine Hand zitterte, als ich abhob. Wie in Zeitlupe tauchte das Bild meines sterbenden Großvaters vor meinen Augen auf. Ich vernahm sein Röcheln. Sah sein erschöpftes Gesicht. Spürte seinen letzten Atemzug in meinem Gesicht und hörte mich leise sagen, dass ich ihn immer lieben werde, lieben werde bis zu meinem Tod.

Doch eine fröhliche Frauenstimme teilte mir mit, dass mein Großvater mich sofort zu sehen wünsche. Ich hielt mich nicht lange mit Erklärungen auf. Winkte ein Taxi heran und forderte Orlando auf mitzukommen. Ausnahmsweise tat er einmal das, was ich ihm sagte.

Als wir vor dem Bett meines Großvaters standen, grinste der alte Schlaumeier übers ganze Gesicht und hielt mir einen

Zettel hin, auf dem in krakeliger, kaum zu entziffernder Schrift stand: „Serienmörder von Margareten verhaftet = Vergewaltiger".

In diesem Moment klingelte mein Handy. Tony war dran.

In sehr reserviertem Ton fragte ich ihn: „Was verschafft mir die Ehre?"

Auf den Block meines Großvaters kritzelte ich: „Tony Meyers".

„Hast du schon gehört, dass dein Baby-Face verhaftet worden ist?", fragte Tony. „Er hat auch zugegeben, dich mit Anrufen terrorisiert zu haben."

„Er war's wirklich?", schrie ich. „Das ist ja irre! Wieso weißt du das?"

„Weil ich gerade, wahrscheinlich dank deines Freundes Orlando, zwei Stunden auf dem Kommissariat verbracht habe. Deine liebe Sisi hat mich bei den Bullen angeschwärzt, weil ich mit den Mordopfern bekannt war. Aber dann waren die Kripobeamten plötzlich ganz aufgeregt und haben auf meine Anwesenheit völlig vergessen. Einen Teil ihrer Gespräche habe ich mitbekommen. Einer von ihnen hat diesen Irren gerade aufs Kommissariat gebracht. Mich haben sie wieder gehen lassen. Ich möchte dich so gern sehen, Katharina."

„Tut mir leid, mein Lieber, aber ich habe zu tun." Ich legte auf.

„Sie haben tatsächlich dieses Baby-Face geschnappt", sagte ich.

Zufrieden grinsend schrieb mein Großvater auf den Zettel: „Brandstifter"

Verwirrt schüttelte ich den Kopf.

Mein Opa deutete noch mal auf das Wort „Brandstifter" und schrieb: „= Tony Meyers" dazu.

„Was meinst du?", fragte ich ihn.

Es dauerte eine Weile, doch die Botschaft war eindeutig. „Tony Meyers 1994 wegen Brandstiftung verurteilt" stand in großen Lettern auf dem Block. Ich starrte ihn verblüfft an.

„Da ist was faul, lass uns gehen", flüsterte Orlando und hatte es plötzlich sehr eilig. Ich schüttelte unwillig den Kopf. Doch auch mein Großvater deutete mir zu verschwinden. Seine

Augen funkelten förmlich vor Begeisterung. Orlando nahm meine Hand und zerrte mich aus dem Zimmer.

„Tony ... ein Brandstifter? Ich kenne mich nicht mehr aus. Mein Opa denkt, die Gasexplosion geht auf Tonys Konto, oder?“, stammelte ich.

Kaum waren wir im Lift, sagte Orlando: „Wir müssen sofort zu Vega Nova. Ich möchte endlich dem Pogats die Skizze von den Fußspuren zeigen.“

„Warum denn? Sie haben doch den Mörder endlich gefasst“, warf ich ein.

„Glaubst du!“

„Es war dieses Baby-Face, dieser Typ, der bei Grünbecks die Kleine zu vergewaltigen versucht und der mich dauernd mit seinen Anrufen belästigt hat.“

„Wer's glaubt, wird selig“, sagte Orlando und rannte los.

Gerhard Pogats war selber im Geschäft. Er ging mit uns zu einem Regal, in dem lauter Schuhe mit demselben Profil auf den Sohlen standen, wie es auf der Serviette aufgezeichnet war. Dazu sagte er: „Ihr seid übrigens nicht die ersten, die nach diesen Schuhen fragen. Die Kriminalpolizei hat mich schon vor einigen Wochen mal aufgesucht. Anscheinend fahnden sie nach einem Mann mit relativ kleiner Schuhgröße – sie schätzten 39 –, der Schuhe der Marke ‚Think' trägt. Es ist durchaus möglich, dass der Mörder die Schuhe bei mir gekauft hat, obwohl auch einige andere Geschäfte in Wien Schuhe dieser Marke führen.“

„Ist Größe 39 nicht eher ungewöhnlich für einen Mann?“

„Nicht unbedingt.“ Sein Blick blieb unmissverständlich auf Orlandos kleinen Füßen haften.

„Ich habe Größe 40“, sagte Orlando grinsend.

Dann wurde er wieder ernst. „Hat die Bischof nicht letztens, als wir sie beim Friseur Pranz trafen, auch solche Schuhe angehabt?“

„Kennen Sie zufällig Frau Angela Bischof?“, fragte ich Gerhard Pogats.

Er schwieg eine Weile. Orlando wollte gerade wieder losplappern, doch ich hielt ihm die Hand auf den Mund.

„Eine schlanke, grauhaarige ältere Dame mit einer modischen roten Brille?“

Ich nickte wieder.

„Ja, sie kauft manchmal Schuhe dieser Marke“, sagte Herr Pogats.

Wir bedankten uns und eilten hinüber ins Schlossquadrat.

„Ich weiß nicht recht ... Die Bischofs sind ja schon seit mindestens zwei Jahren geschieden und verstehen sich mittlerweile sogar wieder ganz gut, hat mir Frau Klaric erzählt. Wieso sollte sie sich so spät noch an ihrem Mann rächen wollen?“, sagte ich.

„Rache muss man kalt genießen“, erwiderte Orlando.

„Ich muss sofort noch mal mit Doktor Mader reden“, sagte ich.

„Wozu brauchst du den schon wieder? Ist doch eh alles klar. Sie hat die Mädels auf dem Gewissen. Raffiniert ist sie, das muss man ihr lassen. Natürlich dachte jeder sofort an einen Serienmörder. Und zum Glück machte gerade dieses Baby-Face Margareten unsicher. Aber das ist nicht der Killer, glaub mir!“

„Das ist alles völlig pervers“, stöhnte ich.

„Du sagst es. Aber für die Bischof war es wahrscheinlich eine ungeheure Befriedigung, die clevere Anwältin ihres Mannes zu beseitigen, die Kellnerin, mit der ihr Alter auch ein Gspusi gehabt hatte, zu erschlagen, und dann auch noch diese Künstlerin, die Tamara und Doktor Bischof ihr Bett zur Verfügung gestellt hatte, zu erdrosseln. Und dazu noch die Praxis ihres Mannes in die Luft zu jagen.“

„Aber warum hat sie auch dich zu töten versucht?“

„Bevor sie die Scheidung einreichte, hat sie alle Lokalbesitzer und Kellner in unserem Grätzl damit genervt, bei der Scheidung für sie auszusagen. Sie befragte uns alle, ob wir ihren Mann in Begleitung einer anderen Frau gesehen hätten. Alle haben geschwiegen. Natürlich auch ich. Obwohl er und diese Tamara praktisch Stammgäste im Motto waren ...“

„Ich weiß ... oh Scheiße“, schrie ich und rannte los.

Die Sonne verschwand hinter den Gründerzeithäusern. Einige Schulkinder standen vor der Brandstelle. Das Haus sah einsturzgefährdet aus.

Tamara überquerte gerade die Margaretenstraße und näherte sich der Statue der Heiligen Margarete, als ein großer dunkler Skoda in höllischem Tempo auf sie zu raste.

Ein kaum vernehmbarer Schrei. Ein blutüberströmtes Gesicht. Die Motorhaube des Wagens war beschädigt, dennoch setzte der Wagen zurück, nahm sozusagen erneut Anlauf und raste wieder auf die Statue zu, überfuhr die am Boden liegende Frau, die noch schwache Zuckungen von sich gab. Dann drehte der Wagen ab.

Hysterisches Geschrei begleitete das Klirren von Glas. Der Skoda war in die gläserne Umrandung des Sitzgartens der Gelateria gekracht, hatte zwei Stühle mitgenommen und raste nun weiter, die Pilgramgasse hinunter.

Orlando und ich liefen hinterher. Ich wählte, während ich rannte, die Nummer der Rettung.

Als wir völlig außer Atem bei der Pilgrambrücke ankamen, sahen wir bereits zwei Polizeiautos neben dem Würstelstand stehen. Teile des grün gestrichenen Eisengeländers, links neben der Würstelbox, lagen verbogen am Trottoir. Die Polizisten versuchten uns zurückzuhalten, doch Orlando und ich stürzten sofort zum Rand des Abgrunds.

Im Wienfluss, der auffällig viel Wasser hatte nach all den Regenfällen in den letzten Wochen, schwamm Angela Bischofs Skoda. Ich dachte an meinen Traum und mir kam das Gruseln.

Wortlos kehrten Orlando und ich zum Margaretenplatz zurück. Die Margariten auf dem Trottoir leuchteten blutrot in der Abendsonne.

Wir bekamen gerade noch mit, wie die Rettung mit eingeschaltetem Blaulicht den Platz verließ. Tamara schien die Attacke mit dem Skoda überlebt zu haben. Wahrscheinlich hatte die Heilige Margarete sie beschützt.

Das Menü zum Krimi in zehn Akten

Sardina in savor

Eine alte oberitalienische Vorspeise, auch „Sarde in saor" genannt, aus der Margareta

Zutaten für 4 Personen:

12 Stück frische oder tiefgekühlte Sardinen (keine Ölsardinen!)
200 g Zwiebel (in Ringe geschnitten)
50 g Olivenöl
40 g weißer Balsamico-Essig
100 g trockener Weißwein
20 g Weißweinessig
20 g Rosinen
5 g Pinienkerne
10 g Honig
3 g Salz
Pfeffer aus der Mühle
2 Lorbeerblätter

Beilage:
Italienisches Weißbrot

Sardinen von den Schuppen befreien, ausnehmen, waschen, trockentupfen, die Köpfe entfernen und die Fischfilets gut in Mehl wälzen. In einer Pfanne ca. 1 cm hoch Olivenöl auf ca. 160 Grad erhitzen und die Sardinen auf beiden Seiten knusprig braten. Sardinen in einen flachen Topf legen.

Zwiebel im Olivenöl glasig anbraten, Knoblauch zugeben und etwas Farbe aufnehmen lassen, mit Weißwein, Weißweinessig und weißem Balsamico-Essig ablöschen. Die Marinade auf die Hälfte reduzieren, dann Honig, Lorbeerblatt, Rosinen und Pinienkerne zugeben, salzen und pfeffern.

Die Marinade über die Sardinen gießen und mindestens einen Tag lang im Kühlschrank marinieren lassen.

Selleriecremesuppe

Eine würzig-g'schmackige Beisl-Suppe aus dem Haasbeisl

Zutaten für 4 Personen:

1 mittelgroße Sellerieknolle
1 l Gemüsefond
80 g Butter
Salz
Weißer Pfeffer
Prise Muskatnuss
Saft einer halben kleinen Zitrone

Garnitur:

⅛ Liter Obers
Räucherforelle

Sellerie schälen und in Würfel schneiden. In Butter leicht anrösten, mit Gemüsefond aufgießen und garkochen. Zitronensaft hinzufügen, mit Salz, Pfeffer und Muskatnuss würzen. Pürieren und mit Obers abschmecken.

Die Suppe mit einem Häubchen geschlagenen Obers garnieren. Als Garnitur passt hervorragend fein geschnittene Räucherforelle.

Schinkenfleckerl

Ein beliebtes Wiener Gericht für den kleinen Hunger aus dem Motto

Zutaten für 4 Personen:

¾ Zwiebel
270 g Pressschinken
220 g Fleckerl
50 ml Sauerrahm
Salz, Pfeffer
Frischer Majoran und frische Petersilie nach Belieben

Zwiebel fein hacken und in Butter anschwitzen. Pressschinken in Rauten schneiden und mit der Zwiebel anbraten. Den Sauerrahm und die Gewürze dazugeben und aufkochen.

Fleckerl kochen und abschrecken, danach in die Schinken-Sauerrahmmasse mischen, aufkochen und die Kräuter dazugeben. Mit Käse bestreuen und bei maximaler Oberhitze überbacken. Mit grünem Salat servieren.

Chili-Burger

Würzig-scharfes Zwischengericht aus dem Café Cuadro

Zutaten für 4 Personen:

400 g faschiertes mageres Rindfleisch
Gewürzmischung für Faschiertes: 40 g Zwiebel, 30 g Sambal Oelek, Chilipulver je nach gewünschtem Schärfegrad (1–2 g), Prise Salz, etwas Öl
40 g Speck
20 g fein geschnittene Zwiebel
80 g Cocktailsauce
40 g Eisbergsalat
40 g grüne, längliche Öl-Pfefferoni
4 Hamburgerbrötchen

Beilagen:
Pommes frites, Salat

Für die Gewürzmischung die Zwiebel in Öl leicht anbraten, danach die restlichen Zutaten in einen Topf geben und aufkochen lassen. Abkühlen lassen und mit der Zwiebel vermengen.

Die Gewürzmischung mit dem Faschierten abmischen und vier Laibchen formen. Die Hamburgerlaibchen und Speckscheiben in einer Bratpfanne oder auf einem Grill auf beiden Seiten braten. Hamburgerbrot aufschneiden, auf dem Grill oder in der Pfanne auf der Innenseite anbräunen. Unterseite des Hamburgerbrotes mit Cocktailsauce bestreichen, Laibchen daraufgeben und mit Speck, Pfefferoni, Zwiebeln und geschnittenem Eisbergsalat belegen; auf die zweite Innenseite des Hamburgerbrotes Cocktailsauce streichen und auf den Burger setzen. Leicht andrücken.

Beef Tartar

Die klassische Vorspeise für Fleisch-Freaks aus dem Gergely's

Zutaten für 4 Personen:

600 g Rindslungenbraten
4 Essiggurkerl
1 Zwiebel
6 Kapern
4 Sardellenfilets
Dijonsenf (nach Belieben)
Spritzer Tabascosauce
und Worcestershiresauce
Salz, Pfeffer aus der Mühle
2 Eidotter

Beilagen: Knuspriges Baguette oder Toastbrot

Tipp: Die Eidotter sind nicht unbedingt erforderlich, aber sie machen das Tartar schön cremig.

Das sauber geputzte, gut gekühlte Fleisch zuerst in Streifen, dann in feine Würfel schneiden und mit einem Wiegemesser fein hacken (man kann das Fleisch auch durch einen Fleischwolf faschieren). Die anderen Zutaten fein hacken, gut miteinander verrühren und unter das Faschierte mischen. Würzig abschmecken.

Alternative: Man kann das Tartar auch unmariniert in der Mitte eines Tellers anrichten und die gehackten Zutaten in kleinen Häufchen rundum legen.

Geröstete Nierndln

Ein beliebtes Alt-Wiener Innereiengericht aus dem Haasbeisl

Zutaten für 4 Personen:

800 g Schweinsnieren
1 Zwiebel
40 g Sonnenblumenöl
300–400 ml Rindsuppe
1 Löffel Mehl
Salz, Pfeffer, Majoran
Essig

Beilagen: Reis, Röst- oder Petersilienkartoffeln

Die Schweinsnieren sorgfältig reinigen und dünnblättrig schneiden. Zwiebel fein schneiden und mit den Nieren rasch rösten. Mit Mehl stauben und mit Rindssuppe aufgießen, danach mit Salz, Pfeffer und Majoran würzen. Mit einen Spritzer Essig abschmecken.

Wiener Zwiebelrostbraten

Ein Klassiker der Wiener Küche aus dem Silberwirt

Zutaten für 4 Personen:

4 dünn geschnittene Scheiben Rostbraten (à 180 g)
40 ml Öl
Estragonsenf
Salz
Pfeffer
1 EL Butter
Rindssuppe
2 Zwiebeln
¼ l Pflanzenöl
Mehl

Tipp:

Anstelle des Rostbratens kann man auch Fleisch von der Beiried verwenden. Der original Wiener Zwiebelrostbraten ist frisch gebraten, obwohl gedünsteter Rostbraten auch (bei etwas härterem Fleisch) eine köstliche Speise ist.

Wird eine gute Portion fein gehackter Knoblauch – oft spöttisch die „Vanille des kleinen Mannes" genannt – mitgedünstet, heißt das Gericht Vanillerostbraten.

Die Schnitten des Rostbratens werden mit dem flachen Teil des Fleischklopfers vorsichtig geklopft, mit Salz und Pfeffer gewürzt und mit Senf bestrichen, dann auf einer Seite in Mehl getaucht und mit der mehligen Seite zuerst im heißen Fett kurz angebraten. Das Fleisch wenden, aus der Pfanne nehmen und auf einem Teller rasten lassen. Zum Herausbraten eignen sich am besten Butterschmalz oder Rapsöl.

Die Pfanne mit dem Bratenrückstand noch am Herd stehen lassen, Zwiebelringe schneiden, durchs Mehl ziehen und in heißem Fett schwimmend herausbacken.

Zwiebelringe zum Fleisch geben und braun rösten. Dann mit Suppe aufgießen, etwas reduzieren und mit einem Stück Butter binden.

Das Fleisch am Teller anrichten, Saft übergießen und die knusprigen Zwiebelringe darübergeben. Den Rostbraten mit Braterdäpfeln und Fächergurke servieren.

Gebackene Hühnerkeule

Die zeitgenössische Variante des klassischen Wiener Backhuhns aus dem Silberwirt

Zutaten für 4 Personen:

4 Hühnerkeulen von der Maispoularde, mindestens 300 g pro Keule
Frittierfett (Schweinefett)
Salz
Mehl
3 Eier
Semmelbrösel
1 Zitrone

Beilagen:
Kartoffelsalat, Mayonnaisesalat, Tomatensalat, grüner Salat, gemischter Salat, gebratene Kartoffeln, Butterreis

Hühnerkeulen waschen und trockentupfen. Die Haut wird belassen, das Gericht wird dadurch saftiger und g'schmackiger. Nun die Keulen gut salzen und vollständig in glattem Mehl wälzen. Danach die Keulen etwas schütteln, damit das überschüssige Mehl abfällt. Anschließend die Hühnerkeulen durch die geschlagenen Eier ziehen und darin wenden, sodass sich die Eimasse überall gut anlegt. Jetzt jedes Stück in die lichten Semmelbrösel geben, darin wälzen und etwas rütteln, aber nur wenig drücken. Die lose haftenden Brösel abschütteln. Immer nur so viele Stücke panieren, wie man sofort backen kann – die Panier wird sonst feucht.

Die panierten Keulen in drei Finger hohem Fett mit ca. 160 Grad auf beiden Seiten etwa 15 Minuten lang backen. Die Stücke herausnehmen und gut abtropfen lassen.

Die fertig gebackenen Keulen mit Zitronenspalten belegen und servieren.

Erdbeer- und Nougatknödel

Eine verführerische Dessert-Komposition aus dem Motto

Zutaten für 4 Personen:

135 g Topfen
1 Ei
20 g Staubzucker
10 g Vanillezucker
17 g Butter
17 g Brösel
10 g Mehl
Erdbeeren
Nougatschokolade
Butter
Brösel

Butter, Zucker und Vanillezucker schaumig rühren und dann das Ei einrühren. Danach den Topfen dazugeben und Brösel mit Mehl unterrühren. Knödel formen und mit frischen oder gefrorenen Erdbeeren bzw. Nougatschokolade füllen.

In kochendes Wasser Vanillezucker und Salz geben und die Knödel darin ca. 6 Minuten kochen lassen. In Butterbrösel wälzen und anschließend mit Staubzucker bestreuen.

Erdbeersauce:
200 g Erdbeeren, etwas Weinbrand und 20 g Zucker mixen.

Nougatsauce:
20 ml Schlagobers mit 100 g Nougat aufkochen und danach 15 Minuten langsam kochen lassen. Anschließend abkühlen.

Mojito

Klassischer Kuba-Cocktail mit frischer Minze aus dem Café Cuadro

Zutaten:

½ Limette
1 Barlöffel brauner Zucker
Minzeblätter
5 cl kubanischer Rum
(weiß oder 3 Jahre alt)
Sodawasser

Tipp:

Es gibt viele Minzearten mit eigenen Geschmacksrichtungen, darunter die sogenannte Hemingway-Minze – sie ist mild-aromatisch und wird auch Hierba Buena genannt. Anstelle von Sodawasser kann man auch mit Ginger Ale auffüllen. Beim „Mojito Royal" ersetzt man das Sodawasser durch Sekt oder Champagner.

Zucker und Saft einer halben Limette in ein Longdrink-Glas geben und rühren, bis der Zucker flüssig wird; Minzeblätter darin ausdrücken (aber nicht zerteilen); Limettenhälfte in kleine Stücke schneiden und dazugeben.

Glas etwa zur Hälfte mit ganzen Eiswürfeln auffüllen, 5 cl kubanischen Rum eingießen. Mit einem Barlöffel oder Strohhalm durchrühren.

Mit Soda auffüllen, nochmals umrühren und mit einem Minzestängel oder einer Limettenscheibe dekorieren.